Cuando el corazón siente la obligación de continuar

Eli Key

Published by Eli Key, 2024.

CUANDO EL CORAZÓN SIENTE LA OBLIGACIÓN DE CONTINUAR

First edition. April 5, 2024.

Copyright © 2024 Eli Key.

ISBN: 979-8224692309

Written by Eli Key.

A Dios y a la vida que buscan sacar lo mejor de una misma.

Cuando el corazón siente la obligación de continuar

Una pequeña colección de relatos de vida

Eli Key

Esta es una obra de ficción. Las similitudes con personas, lugares o eventos reales son totalmente coincidentes.

Tabla de contenido

Lo que ves en el camino de la incertidumbre basta para atiborrar tus sentimientos de temor y ansiedad. Sin embargo, no permitas que nada atrofie tu vida. No cuelgues los guantes, porque cuando la batalla arrecia, es cuando más cerca está tu victoria. Piénsalo por un momento. Siempre habrá esperanzas, más allá de las circunstancias. Rendirse no es una opción. Aunque todo parezca venirse abajo, busca una mesa. Si lo que ves es un abismo delante de ti, busca un lugar por donde cruzar, encuentra un puente. Cierra los espacios que hay entre tú y los problemas. Sofócalos, no les des respiro. ¡Ahógalos!, y no pierdas la fe. Ahórrate las disculpas y no se las pidas a nadie. Pelea, inicia tú la contraofensiva. No recibas los golpes con los brazos cruzados. Ponte de pie y expresa tu libertad. Nadie peleará por ti. Es tu decisión. Ven, y arroja una sonrisa al aire, que todos sepan que no estás derrotado y que muy pronto verás la luz de tu éxito.

Nehphy Astrada

Capítulo 1

EXÁMEN DE INGRESO

Oswald Burkmanht, era un estudioso de la vida; matemático por excelencia, filósofo y erudito en las artes de investigaciones científicas. Sin problemas, desmenuzaba la ciencia con hacha de hierro. Sus ideas no resultaban ser disparatadas. Y sus escritos, al igual que sus cálculos e informes presentados a sus colegas, todos ellos calificaban como una verdadera fórmula digna de ser reconocida.

—Mis números son los correctos, caballeros —expresó, sin sonar demasiado dogmático.

—Señor Oswald, permítame aclarar lo siguiente —indicó un alto ejecutivo inglés sin vacilar en su respuesta—. Nos complace su colaboración sobria y descriptiva; es y reafirmo, admirable el trabajo que usted ha realizado al elegir ecuaciones complejas, con el fin de brindarnos una interpretación mucho más sencilla, en torno al mundo cuántico. Todas sus respuestas, indican que, dichos programas, resultarían. accesibles para, quienes deseen aprender todo lo referente al asunto. No obstante; —y mis colegas lo confirmarán también—, hemos de esperar un poco, y en la brevedad de ser analizado, expondremos los detalles en un lapso relativamente corto, si eso entra en su interés, por supuesto.

Oswald sintió la abrumante ansiedad descolgarse sobre sus hombros. Examinó los rostros que lo contemplaban con seriedad y respeto.

—Es gratificante saber la importancia que dan a mi labor, y por ello, reconozco lo indigno de mi respuesta; por tanto, me disculpo ante ustedes. El tiempo es esencial y forzarlo en un dilema inapropiado, sería absolutamente incorrecto. Además, y como sabrán, he pasado tiempo detrás de una puerta en busca de alcanzar este cometido, sin embargo, no hay excusas, por lo que, de nuevo ruego excusen mi proceder repentino. Re... reconozco que en este punto es importante recabar los juicios necesarios y aguardar en la seguridad de los hechos, el veredicto de sus informes. Esperaré por ellos.

Saludó a todos y se marchó, dejando atrás, a las imponentes oficinas del

Department of Astrophysics and Temporal Science.

De estatura mediana, contextura atlética, sin sobrepasar los veintisiete años, Oswald entendía el porqué de los retrasos.

«He trabajado el doble que todos, y me he dedicado día y noche a resolver los algoritmos pertinentes. Lo he hecho todo, con el único deseo de entregar a tiempo los números. ¡Sé que son los correctos! Arlette y yo los hemos revisados uno a uno, una y otra vez —elevó su rostro hacia el cielo—. Supongo que deberé esperar hasta ver los resultados.»

Se detuvo en la acera, colocó sus manos en la cintura, aspiró una bocanada de aire y se encogió de hombros. Sin dudarlo, creía que su preocupación no era motivo de alarma. Acalló sus pensamientos, acomodó su corbata y se dirigió hacia su carro estacionado al otro lado del monumental edificio cubierto de cristales.

Mientras regresaba a su hogar, supo que el encuentro, le había dejado un sabor amargo en la boca.

«Me apresuré, lo admito. Y en la vehemente indagación acerca de mi labor, solo puse de relieve un aspecto negativo de mi parte. Espero no lo tomen como un fallo de mi personalidad o mi recorrido habrá sido en vano.»

Las dudas le produjeron una laguna de insatisfacción, y eso lo incomodó. Lo que ignoraba era que, lejos de contradecir al señor Farwold, las cosas aún se mantenían a flote.

Lamentándose de los dichos frente los empresarios, llegó a su casa.

Su esposa Arlette lo recibió en la puerta de entrada.

— ¿Cómo te ha ido cielo? —preguntó con una sonrisa, mientras le ayudaba a quitarse el abrigo.

—Bien. Aunque mi preocupación, se exhibió en una desagradable respuesta de fastidio, y mis nervios terminaron por manifestar una alteración en mi conducta. A pesar de ello, sometí a mi ansiedad. De todos modos... no lo sé linda, no lo sé.

—Ven y siéntate, descansa un poco. Has trabajado las dos últimas semanas como un poseso; y si mi orientación profesional no me falla, ellos entenderán tu actitud. Verás que no será tan acuciante y horrible como presumes —le brindó un cálido beso—. Te traeré algo de comer. Relájate amor, verás que todo saldrá bien.

Con los pies extendidos sobre una mesa ratona, se desabrochó la corbata, apoyó el codo sobre el respaldo del sofá, y colocó su cabeza en la palma de su mano.

«Tal vez mi elección no pende de un hilo»

Una hora después, el teléfono de la casa sonó.

—Yo atiendo —dijo Arlette, y al cabo de unos segundos—. Es para ti, amor.

Con esfuerzo el mencionado aspirante a un puesto como profesor, se incorporó del sillón, cogió el auricular y luego de saludar, escuchó la voz del otro lado. Sus emociones sufrieron un repentino cambio, exhaustivo y angustiante. Poco después, colgó interrumpiendo la llamada. Llevó una de sus manos a la cintura, e inclinó levemente la cabeza hacia adelante.

— ¿Qué sucede? —inquirió intranquila su esposa. Oswald murmuraba negativas por lo bajo, intentando explicarse lo sucedido— ¡Cielo! ¿Qué ha pasado?

—Es, era el asesor, un metiche de clase mundial, y según él, mi trabajo ha sido desestimado —pausa—. No logro comprenderlo. ¿Cómo pudieron evaluarlo con tanta rapidez? Llamaré a Dennis y averiguaré lo que ocurre.

Realizó la llamada sin pérdida de tiempo.

— ¡Es una locura, Oswald! —respondió Dennis—. Richard tiene en su poder tu presentación, ignoro cuáles serán sus intenciones; pero de algo estoy seguro, y es que, si llega antes que tú y presenta los argumentos requeridos, darán por sentado que te has equivocado, y sellarán tu destino con una negativa, permitiendo que él, sea quien acceda en tu lugar.

—No, no; aguarda por favor, mira, ¡tengo los borradores, hexagramas y demás archivos en mi computadora, además del registro de su llamada en el teléfono y... descargarlo todo me llevará solo unos minutos! ¿Puedes ayudarme hasta que lo termine?

—Si, no te preocupes. Igualmente llamaré al profesor y le advertiré del asunto. En todo caso, los decanos esperarán por Farwold. Escucha... por el momento, debes tranquilizarte. Avísame cuando tengas todo.

—Maldito pirata, no se saldrás con la tuya —murmuró Oswald.

Arlette lo veía ansiosa. Según su esposo —en su entendimiento de lo ocurrido—; al parecer, las intenciones del asesor, fueron las de cambiar los informes, y de esa manera, presentar su propio trabajo, postulándose él mismo para el cargo. ¿Celos? ¿Envidia? Nada de eso, todo era —en la simpleza de una definición—, una competencia. Una osada y ambiciosa competencia para ocupar el preciado lugar.

—Ayúdame Lett —señaló influido por la gravedad del incidente—. Necesito que descarguemos nuestras teorías y mientras lo hago, busca los registros de todo. No importa lo que se proponga el muy impertinente. Estoy mentalmente preparado para esto; en cambio él, no cuenta con la experiencia ni el carácter para este cargo. Condenada rata de laboratorio.

Cuando hubo terminado su labor, llamó a Dennis.

—Ya he puesto sobre aviso a Farwold —dijo éste—. Y lamento todo esto, Oswald. Ven a la universidad cuanto antes. ¡Apresúrate y ten cuidado al conducir!

—Gracias de nuevo. Saldré de inmediato.

Su esposa lo vio impreso en una profunda ansiedad y se preocupó.

—¿De veras no quieres que te acompañe?

—No linda, necesito que te quedes por si olvido algo.

Con palabras de aliento de parte de Arlette, especialmente con claras indicaciones de que se calmara, y que no perdiera el control mientras conducía, lo despidió.

Una vez en la ruta, Oswald, reflexionó con énfasis en las sorpresivas circunstancias que lo rodeaban. Su coherente resolución personal poseía virtudes enraizadas en la amplia libertad del conocimiento cultivado. No denotaba aptitudes hacia espacios reducidos donde la vulgaridad era el coctel principal, ni tampoco permitiría que jamás, aquello que había aprendido con tanto esfuerzo, se degenerara en circunstancias desafortunadas para él.

Al igual que Arlette, poseía ciertos niveles de estándares altos, principios, y un apego a todo aquello que significara superación en la vida. Se los conocía por su dedicación al trabajo duro. Debido a ello, enseñar, proyectar y empujar a las personas hacia la realización por medio de un correcto pensamiento adquirido, reflejaba su impresión en las cosas. Siempre pensó que las ideas, debían brotar del corazón, ser perceptibles en la mente, y a través de una variable ofrecida por la naturaleza del conocimiento, alcanzar sin falsedad, el cumplimiento del objetivo deseado.

Aceptaba los defectos y errores como parte del mapa exclusivo de cada individuo, y fomentaba con fuerzas, las virtudes tal cual un calendario expresa los días, meses y años. Todo en virtud de una mejor interpretación comunicativa; ya sea personal, social y laboral; porque, y según un particular análisis en el cual creía muy seriamente, ellas dictaban el valor que cualquier persona requería a la hora de manifestar su talante; lo cual, era a su entender, el equilibrio entre las objeciones y los desengaños, la deficiencia y la excelencia en la vida

El Ford Mustang corría impulsado por la lasitud del instante a través de la autopista A4074.

Si bien desde su residencia en Berinsfield no distaba demasiado de Oxford, el efecto del suceso acaecido horas atrás, hurgaba en su médula como los colmillos de una serpiente. La media hora que le llevaría llegar hasta el lugar, le resultó una eternidad.

Para su sorpresa, diez minutos antes de su arribo recibió un correo de voz. Dennis anunciaba que Richard había sido detenido antes de ingresar al Green Templeton College.

El corazón latía agitado y en su mente una espesa desazón amenazaba cernirse sobre él como una tormenta.

«No es para tanto —se reprendió—; de todas formas, han sido alertados del ardid de ese imbécil. Solo debo ser paciente y obrar con serenidad, sin temblor en mi pulso a la hora de defender mis derechos.»

Dejando su vehículo en un aparcamiento cercando, se dirigió presuroso con sus datos, papeles y registros de su trabajo, hasta el sitio designado. En la entrada del emplazamiento, lo aguardaba un inquieto y expectante Dennis.

— ¿Cómo te sientes? —inquirió su amigo y también profesor del College.

—Como quieres que me sienta, Dennis —contestó respirando con fuerzas—, y sacando el hecho de que, la ansiedad dentro de mí, es similar a una marea que busca ahogarme, por lo demás, saludable, ilusionado quizás, o diría más bien, impaciente.

—Vamos, nos esperan en La Sala Barclay. Y en ella, el vicepresidente, el secretario, un par de administradores, junto a un sujeto de recursos humanos y la pionera de registros académicos.

—¿Tantos?

Con la presión en sus venas, ingresó por Lankester Quad, en dirección al sitio convenido. Una vez adentro, la atmósfera lo recibió como si fuera el ambiente de una corte. Rodeó una pulida mesa de caoba y se ubicó en una de las sillas. Del otro lado de la misma, el asesor, ignoraba su presencia mirando hacia una pantalla donde se podía observar una serie de cálculos. Cuando la puerta se cerró, el profesor Farwold, tomó la palabra.

—Damas y caballeros, nos une hoy, una rala ocasión a celebrar. Y en mi opinión, sin considerarlo inoportuno, dejaré en claro la excesiva circunstancia que nos envuelve a todos. Primero, deseo agregar lo siguiente, analizando las conclusiones a las que pretendemos llegar, por la cual deseo, en conformidad con mi criterio, expresar constancia que, lo presentado en este lugar, quedará asentado no como solo una opinión personal o grupal, sino más bien, como una lección que fortalecerá nuestro conocimiento en función de nuestros roles académicos y profesionales, de la educación.

>>Dicho esto, prosigo. El señor Oswald, aquí presente, estima que su trabajo, ha sido perturbado por el señor Richard Cambell, también presente en esta sala; quien, ha aludido a su vez, verdades sin coherencias ante su persona. Y teniendo en cuenta esto, siempre en la fidelidad de nuestro compromiso hacia esta institución, concluyo sea presentado el testimonio del señor Oswald, que presentará su descargo como defensa de su labor. ¡Señor Oswald!, tiene usted la palabra.

Un breve silencio se posó sobre el salón. El aludido se puso de pie y miró al asesor quien parecía ignorar todo, y presentó su alegato.

—Damas y caballeros, gracias por permitirme exponer en defensa de mis derechos, la evidencia de que mi trabajo, además de haber sido elaborado concienzudamente junto a mi esposa, ha sido la de adquirir el compromiso de velar por una presentación en pos de alojar respuestas, a paradigmas e incógnitas, que tienen que ver con las múltiples ecuaciones de la Física Cuántica. Además, considerando su fidelidad en la comunidad, entiendo que la prioridad es la investigación, y no solo en esta línea sino en favor del bienestar y la cooperación, hacia un mejor desarrollo en áreas que beneficien tanto al hombre como a la mujer de hoy —hizo una leve pausa, apoyó una mano en la mesa y la otra en la cintura—. Conduje hasta aquí, enardecido frente a la ignominiosa actitud, que este hombre tuvo hacia mí; y juro —disculpándose de la expresión burda de injuriar ante el cielo—, que procuré revestir mi defensa con improperios no verbales, pero si acusadores hacia él, es decir, juzgarlo sin dimitir mi accionar, sin embargo, y en la elocuencia de la noble fortaleza de dejarlo pasar, no proferiré juicio alguno hacia su persona, y me centraré solo en mi labor, porque esto es lo que tengo. Lo que ven aquí, es todo mi trabajo. Por favor, juzguen ustedes mismos.

El decano paseó la mirada sobre todos y salió de su asiento. Su mirada parecía denotar sorpresa.

— ¿Quiere decir que no presentará cargos contra el asesor, por intentar éste, maquinar en su contra?

—Así es, mi trabajo es suficiente defensa —señaló, y procedió a sentarse algo un poco más relajado y libre de la molesta tensión nerviosa a la que había sido sometido.

Todos permanecieron pensativos por unos momentos. Enseguida, las sonrisas surgieron en el recinto. Oswald, creyó no estar viendo bien. El vicepresidente, se puso de pie.

—Todos hemos escuchado con claridad, lo expuesto por el señor Oswald, por lo que... ¿Moción? —uno a uno, todos los presentes, fueron levantando la mano—. Muy bien, y en la correcta satisfacción de la selección, debo decir, señor Oswald, que el puesto es suyo. Bienvenido a esta loable institución.

El mencionado miró a Dennis y luego a Farwold, después a todos. Vaciló un momento, y su sorpresa fue en aumento cuando el asesor con una sonrisa le extendía la mano.

—Felicitaciones señor Oswald —dijo con amabilidad, a un hombre que no entendía nada—. Inteligente y magnánimo, lo juzgué mal.

Farwold se le acercó.

—Caballero —agregó con voz firme—, ha sido usted probado y ha sido aprobado. Comprenderá que el Green Templeton College, es una institución que se basa en planteamientos humanos, y no podríamos aceptar a alguien que, en las presentes circunstancias, llevase a ejecutar sin miramientos, el juicio de un hombre sin considerar nuestro carácter para juzgar y evaluar los hechos. Verá señor Oswald, la integridad, el respeto y el buen juicio, son necesarios, antes de conducir a todos, a un enfrentamiento que pudiera exponer a nuestro College, a una ridiculez y exhibición innecesarias delante de la comunidad. Por lo tanto, sin impedimento, gracias por entender ese principio.

El nuevo discípulo, sin poder articular palabra alguna, experimentó un ligero sobresalto. Dennis estrechó su mano al nuevo colega de enseñanza.

—Lo siento, pero forma parte del requisito de admisión académica. La integridad juega un rol importante aquí, incluso fuera de una amistad como la nuestra.

«Arlette, se pondrá loca de contenta cuando lo sepa. Y yo que pensaba que tendría que trabajar de mozo en lo que resta del año.»

Capítulo 2

SENDEROS EXTRAVIADOS

"Con este tipo de reflexiones trataba de consolarme al atardecer de un día frío, húmedo y gris de finales de octubre, mientras atravesaba los campos con paso cansino en dirección a mi hogar. Pero el resplandor de un fuego luminoso y rojo que se divisaba a través de la ventana del salón fue más eficaz para levantarme el ánimo y reprocharme mis desagradecidas quejas, que todas las sabias reflexiones y buenas determinaciones que había obligado a forjar a mi mente. Yo era joven entonces, recuerda —tenía sólo veinticuatro años—, y no había adquirido la mitad del dominio que ahora tengo sobre mi espíritu, por insignificante que pueda ser."

(La inquilina de Wildfell Hall by Anne Brontë)

Apoyado sobre la baranda del Leeds Bridge; Kurt, un joven estudiante de intercambio proveniente de Grecia y que cursaba el último año de la Universidad de Leeds; con rasgos de ascendencia germánica y vistiendo de manera informal, contemplaba nostálgico al río Aire. Horas antes, había redactado una carta a Helen, una joven inglesa encargada de una Boutique en Canadá, pero oriunda de Leeds y con quien había entablado una relación después de conocerse en una conferencia de Liderazgo en Ontario, hace poco más de dos años.

A su regreso y durante el tiempo que ella permaneció en la ciudad, se volvieron inseparables.

Helen, cursaba el último año y Kurt, el penúltimo. Se comprometieron en noviazgo, varios meses antes de que ella se graduara. Su romance fue intenso, como si vivieran a cielo abierto y con sus corazones apuntando en la misma dirección. No hubo interrupciones en sus estudios, puesto que Helen, una vez que finalizara su carrera, viajaría a Canadá, donde pensaba abrir una tienda de ropas en compañía de su hermana, Sylvia, quien ya residía en ese país. Por su lado, Kurt, aguardaría hasta graduarse y luego la seguiría.

El plan se había proyectado con normalidad. Helen se graduó, y al poco tiempo, se marchó rumbo a la nación del Norte, prometiéndose que se verían los fines de semanas.

Ambos sufrieron con la despedida. Para un par de enamorados que permanecían juntos todo el tiempo y odiaban alejarse demasiado, por la simple razón de que se amaban fuertemente y con locura, el adiós por un período lo suficientemente largo, dolía en extremo, lo hacía y mucho.

A pesar de eso, tanto uno como el otro, se hallaban plenamente concentrados en adquirir una vida en un aspecto que ambos pudieran compartir de forma sólida y comprometida. Por ejemplo, una de sus metas en común, era escribir, algo importante para ellos, puesto que rara vez pensaban en otra cosa, que no sean temas relacionados a la expresión literaria.

Helen adoraba escribir y, además, poseía un par de novelas sin publicar, aunado a otras dos colecciones de poemas. Por su parte, Kurt, disponía de una novela, varios relatos cortos y una colección de poemas. Y, fue en este punto, que concluyeron en un acuerdo de publicarlos, una vez que se establecieran en Canadá.

Una oleada de pensamientos cubiertos de ansiedad, atravesó la afligida mente de Kurt, mientras reflexionaba al respecto y recordaba lo mucho que la amaba. Murmuró algo en voz baja, apoyó su frente sobre el puño de su mano y expresó con sentimientos rotos y delirantes:

— ¿Qué es lo que haré? Soy como una anomalía vertida en un caldo lúgubre de un vacío interminable. Se me paraliza el alma y el corazón se abre en dos. Es insoportable y la locura de no saber nada de ti, me ahoga hasta morir.

Intuyó que todo acabaría en un abrir y cerrar de ojos. Lo supo no bien le acercaron la noticia que habría de trastornar sus horas y terminaría por empujarlo hacia un agudo precipicio. ¿La razón?; un viejo mal de los tiempos que gustaba destrozar la unión entre un hombre y una mujer, se presentó delante de él, vívido y fatídico, sin previo aviso, listo para atormentarlo y conducirlo en una barbarie de emociones negativas, como si se despeñara cuesta abajo sin que hubiera nada que lo impidiera.

Llevó una de sus manos a los ojos y rompió a llorar. Apretó el barandal, giró y se deslizó hasta sentarse en el suelo, sintiendo la penumbra de una insoportable herida, abatirse como una sombra helada sobre su ya desfallecido ánimo.

—Cielos, Helen, ¿qué te sucedió? ¿Cómo es posible que todo se terminara de esta forma? —colocó las manos en sus sienes y lloró preguntándose tantas cosas, al tiempo que sentía el desdén de los interrogantes sin respuestas.

Tiempo atrás y en la primera semana de primavera, Helen, junto a un grupo expedicionario de amigos. se había alistado para un tour a través del Gran Cañón del Colorado en Arizona, un sitio indispensable a la hora de iniciar algún tipo de aventuras al aire libre.

El cronograma consistía en sostener una cita obligada en Flagstaff. Dicha parada, les haría aprovechar el buen clima, aunado, al escaso número de visitantes que por esas fechas solía predominar.

La expedición iría a la aventura, bajo un deslumbrante cielo y con los campamentos muy cerca del río, lo cual y en teoría, resultaban en un plan apropiado para sus ávidos deseos de hallar experiencias en el mítico y agreste sitio rocoso.

Pero en el camino, a causa de un pleito de larga data entre algunos de sus miembros, surgieron fuertes intercambios de palabras con el resto del grupo. Ávidas discusiones que lo entorpecían todo. Lo que se derivó a su vez, en una enorme disputa y malos entendidos entre ellos.

Helen trató de intervenir, pero la acalorada situación no mermó, sino que se extendió por espacio de un par de días; y para cuando la contienda hubo finalizado, se decidió que algunos marcharían en dirección hacia La Punta de Pima, un lugar ubicado en el borde sur del parque nacional del Gran Cañón.

Los demás, partirían hacia Las Cataratas de Tanque Verde al este de Tanque Verde y Tucson. En este último, se embarcaría Helen, a quien en un principio le agradó la idea de ir a Punta Pima, pero analizándolo con más detenimiento e impulsada por las persuasivas palabras de algunas de sus compañeras, se inclinó por viajar a Tanque Verde.

La noche anterior a la excursión, sumergida en un profundo resumen de recuerdos, procedentes del otro lado del mar, escribía a Kurt desde su Laptop.

Querido Kurt:

Estoy fuera del hospedaje, observando las estrellas. Y no puedo concebir nada más bello que los miles de iridiscentes reflejos originados del amplio cosmos...; sin embargo, en el indagar de mis conclusiones, me he dado cuenta de que tales centelleos derivados de esas rocas ígneas y luminosas, totalmente desconocidas para mí, no es lo más excelso; sino nuestro amor, cuyo fino fulgor envuelve nuestras almas.

>>Estoy atrapada en tus redes, Kurt. Amo y vivo consiente de mi existencia a tu lado, y no abrigo dudas al respecto. Estoy felizmente enamorada de ti, y en la dicha de contemplar un futuro juntos, me he aventurado a recorrer este paramo salvaje como sinónimo de una aventura que tú y yo, próximamente, lo realizaremos juntos. No pienses que extrañaré a mis amigos o que, en el amplio sentido de la soltería pueda llegar a necesitar un poco de ese aire que entre copas y salidas muchos celebran. Todo lo contrario. Solo pienso en ti y en la dicha de estar juntos para siempre. Por tanto, en mi defensa, he de decir lo siguiente. ¿Este tour? Es un mero capricho que siempre tuve de niña, y no afloja por ello, mi expectativa de que un día, tú y yo, también emprenderemos una gira similar. Ya lo verás, te agradará. Por lo demás, y ante el trance de permanecer alejados, pero en la esperanza de que muy pronto me arrojaré a tus brazos, te diré algo más. Te amo con todas las fuerzas de mi alma. Y me siento próxima a ti como el cometa es atraído por el sol dejando en su trayecto una estela azul blanquecina. Te amo con interés de vernos unidos hasta el fin de los tiempos. Nada más necesito, solo a ti.

Y en la espera de volvernos a ver, con el dolor arraigado de estar todavía separados, te doy desde aquí, mi amor a través de estas tontas palabras que parecen emerger desordenadas y torpes. Te amo, te amo, y mucho ¡Extráñame un cúmulo! Que yo a horrores lo hago por ti.

Tuya Helen

P.D: A mi regreso, continuaremos con nuestro proyecto de escribir un libro juntos. Un beso mi amor, ¿ya te dije que te amo?

El joven estudiante recostado sobre la silla de su escritorio, releía el mensaje una y otra vez, absorbiendo cada palabra, cada letra hasta el último detalle. Imaginándola en sus pensamientos.

Apremiado, con el corazón a punto de salírsele por la boca, se apresuró a responder.

Querida Helen:

Los sueños, son un raro y exquisito mundo alojados en el umbral mismo de una paradoja extraña; a mi entender, misteriosa, y vagabundos somos en la alquimia de la vida. Asimismo, creo suponer una cosa al respecto, ni envidiable ni reveladora, objetiva si no. El oasis que en el desierto satisface al sediento y extraviado viajero, es el reflejo en el hoy de lo que representa el amor entre dos seres que en un principio se desconocían, pero que ahora, se aman con el más peculiar sentimiento expresado desde el corazón, sin importar quienes son, ni el lugar al que pertenecen.

Somos como una nota que reverbera en una sólida y espontanea vibración. Y esta frase, no representa una alegoría, porque pienso en ti todo el tiempo. Lo hago mientras estudio, cuando camino y hasta cuando corro para ejercitarme. En todo tiempo saturas mis ondas cerebrales.

Al presente, no logro a concretar nada si no te encuentras a mi lado. En el bien de ajustar mis parámetros de vuelo en tu cercanía, te digo que iré a verte, lo haré porque ya no lo soporto más. Estoy hastiado del aburrimiento en el cual me encuentro; deambulo como un zombi y carezco de rumbo. ¡Tú eres mi dirección, no puedo evitarlo!

Tuyo Kurt

P.D: Te extraño. No sé qué hacer con la espera, por eso iré contigo.

Sentada sobre su cama antes de la medianoche, vistiendo un delgado Salto de cama de seda, de color negro, la muchacha leía entre lágrimas el mensaje. Al finalizar, colocó el dispositivo sobre su pecho, y sonrió conmovida, enseguida, comenzó a escribir la respuesta a ese ansioso requerimiento.

Querido amor mío:

¡Cómo desearía que estuvieras aquí conmigo! Mi alma arde en el fuego de los amantes perdidos. Me siento convulsionada por la distancia que nos separa. Es un impacto deprimente a mi salud emocional, más...; no puedo ignorar el hecho de tus estudios. Y como tu compañera en la vida, declino, por tanto, tu idea de venir hasta aquí. No permitiré que ignores por causa mía una labor por la que has trabajado mucho, dedicándote a ello con empeño y celoso seguimiento. Mi amor piénsalo bien, te lo ruego, no desatiendas mi pedido, estoy a tu merced, deseo lo mejor para ti, lo anhelo con todas las fibras de mi ser. Por eso te aconsejo, ten un poco de paciencia hasta que podamos vernos con plena libertad sin presiones de ninguna clase...; por favor te lo ruego. Respira profundo y aquieta la voluntad de arriesgarte a venir por mí, poniendo en riesgo tu futuro. Lo repito, estoy a tu merced.

¡Escúchame bien, Kurt!, escúchame a través de mis letras, te amo chico tonto, te amo como nunca pudiera amar a nadie más. Eres mi eje, mi todo, y pronto nos veremos para sellar nuestro amor. Ten paciencia mi cielo, no descuides aquello con lo cual te has comprometido.

Tuya Helen.

Kurt, se estiró en su silla colocando sus manos por detrás de su cabeza.

«Santo cielo, Helen, nadie te iguala. Tú sí que sabes cómo decir las cosas.»

Sin embargo, contra todo pronóstico, quiso la inoportuna desdicha, atravesarse en el camino de Helen durante su travesía en esos lejanos páramos.

Sin mediar aviso y tan repentino como un rayo que surca los cielos, una colosal tormenta se manifestó seguido de un feroz aguacero.

Las repentinas lluvias habían atrapado a las cuatro expedicionarias en un deslave próximo a las cascadas. La situación resultaba desesperante. Pero como era de preverse, Helen no se dejaría derribar por esa sorpresiva crisis, y enseguida, delineó un plan de contingencia.

Todos sabían que, en esa región, el crecimiento de las aguas, se tornaba de unos centímetros a tres metros en cuestión de segundos.

Bajo la intermitente lluvia, renegando a causa de la incomodidad que provocaba llevar todo su equipo mojado, lo cual les restaba movilidad a su desempeño de escapar del lugar antes de que llegara la inundación; las expedicionarias se e movían de roca en roca, trepando con dificultad sobre las rocas, y cuidando de no resbalar entre los afilados peñascos, entretanto se aferraban unas a otras con fuerzas. Metros adelante, divisaron una pendiente lo suficientemente alta como para parapetarse de la creciente, cuyo rumor en las proximidades, les indicaba lo inevitable estaba a punto de ocurrir.

El afluente ya les llegaba a las rodillas.

—¡Rápido, debemos subir la ladera! —indicó Helen, forcejeando con algunas ramas que le impedían el paso.

— ¿Estás loca? ¡El agua nos arrastrará sin medida! —gritó Nátaly, presa de los nervios, sobre un canto rodado, creyendo que este sería la única posibilidad de escapar del torrente.

— ¡Por favor Nat, aún podemos, la corriente no es fuerte! —dijo Leslie tomando su mochila y enfilando para saltar a través de las rocas en dirección al declive.

—Uhu... esto se pondrá interesante —dijo Alison, aferrada de la mochila de Leslie.

— ¡Vamos Nátaly, por favor, no hay tiempo! —reprendió Helen, mientras escuchaba el bramido de la inundación que ya se acercaba inmisericorde, pero cuyo esfuerzo por sacar a su amiga de la roca, resultaban infructuosos—. Muy bien acompañaré a las demás y luego regresaré por ti –concluyó.

—Me dejarás aquí ¿verdad? ¿Abandonada a mi suerte?

— ¡No, claro que no! Mira Nat, solo espérame.

—Como si me fuera a ir a otro lado, de aquí no saldré. He visto los videos de rescates y sé que este pedazo de piedra, es lo suficientemente grande como para mantenerme lejos de la... —no alcanzó a terminar su frase, cuando un estruendo le indicó las tempestuosas oleadas aproximándose con una violencia salvaje.

— ¡Vamos chicas, apresurémonos! —exclamó Helen—. ¡Es necesario combatir a este furibundo caos!

—Ya no queda tiempo! —añadió Leslie, y de un brinco se adentró al todavía accesible riachuelo.

Y a pesar de que no era tarea fácil, pues el feroz torrente las obligaba a esforzarse por avanzar, lo cual contribuía a su vez, a que sus agitados bríos se volvieran torpes, a causa del desnivelado suelo rocoso; lograron acercarse a su objetivo.

Ayudándose con un fuerte movimientos de brazos y grandes zancadas, pronto fueron saliendo del flujo de aguas, arrastrando consigo a Alison que se aseguraba con uñas y dientes a su amiga. Helen, empujaba a esta última en un intento por impedir que ambas se atascasen entre las rocas desprendidas del desajustado sendero.

Los gemidos y los gritos de ánimo eran silenciados por el vecino bramido de la encrespada corriente. Casi sin aliento, pudieron llegar hasta la inclinada escarpada. Helen buscó recuperar aliento.

—Bien... ustedes continúen subiendo, volveré por Nat.

— ¡No, Helen! —replicó Alison—. ¿Estás loca?, si apenas pudimos llegar con el esfuerzo de las tres; tú sola no podrás con ella.

— ¡Ali tiene razón! —secundó Leslie— ¡Nat entrará en pánico en caso de caer al agua! Escucha, tal vez ella tenga razón y la roca resulte ser un buen asidero.

—En su desesperación, Nat te arrastrará —insistió Alison—. ¡Por favor, Helen!

—No puedo dejarla ahí, chicas. No me lo perdonaría. Debo intentarlo ¡Vamos! ¡Denme toda la cuerda, y anuden un extremo a esa saliente! El otro lo ataré a mi cintura.

—Porquería, Helen, más te vale que regreses viva con esa inútil que, y por poco te roba a tu novio.

—Esa es historia antigua, Alison. Además, Kurt, no se dejaría llevar nunca, por las estupideces de esa mañosa de Antioquía.

—En eso, tienes razón. ¡Como sea, regresa pronto!

De inmediato, Helen regresó a la cada vez más, impetuosas corrientes. Con un extraordinario impulso de brazos y piernas y vigorosas aspiraciones, logró llegara hasta la roca donde su compañera de expedición se aferraba con denuedo a lo que parecía ser algo irresoluto.

— ¡No me meteré al río! —negó enfáticamente Nataly—. No lo haré, no señor.

— ¡Entonces, yo te empujaré!

—No te atreverías.

Helen desanudó la correa de su cintura y con un rápido movimiento rodeó la de su amiga.

— ¿Qué haces?

—Salvando tu vida chiquilla miedosa.

— ¿Tú qué...?

—Lo siento princesa —agregó.

— ¿Por qué...? —interrogó incrédula la aludida, y para cuando quiso darse cuenta ya estaba cayendo al agua de un empujón. La desesperación de los primeros instantes dio lugar a insultos y enojo por parte de la desprevenida excursionista.

Helen, solo atinó a asentir con la cabeza mientras la arrastraba con tenacidad.

Mientras tanto y desde la otra orilla, sus amigas les gritaban a voz en cuello para que se apresuren. Y en ese preciso instante, a pocos metros de donde se encontraban, un crujido, tal como si algo rompiera con estrépito, irrumpió con potencia cerca de las valientes mujeres.

—No... —dijo Alison, abriendo sus ojos desmesuradamente.

La visión de un gran caudal de agua, pedruscos y follajes enmudeció los corazones de todas. Las exclamaciones repercutieron a los gritos. Para ese entonces, Helen, empujaba con fuerzas a su amiga, quien, en vez de avanzar, se vio petrificada a causa del miedo repentino, lo que dificultó todavía más a su amiga.

Helen supo que el tiempo se había acabado. Y sin dar concesiones de ningún tipo, la decidida rescatista en un último esfuerzo, se propuso llevar a cabo su cometido a como dé lugar.

En un arrebato de impaciencia, la abofeteó buscando que entrase en razón. Tras lo cual y sin esperar, con un redoblado impulso, logró sacarla y llevarla a la rastra, junto a sus otras amigas. A pesar de ello, la oleada golpeó el agotado cuerpo de Helen, arrancándola con brusquedad de la correa de seguridad que se hallaba sujeta a Nataly. Los desesperantes gritos de sus amigas se dejaron escuchar, mientras Helen era arrastrada por el desbordante e implacable desbordamiento.

Horas más tarde, un helicóptero rescataba a las acongojadas muchachas, quienes inmediatamente, reportaron con insistencia la desaparición de su amiga.

Por tierra y aire comenzó el exhaustivo rastreo de la extraviada excursionista.

Los padres de Helen, arribaron al día siguiente y dos días más tarde llegaba un afligido Kurt con el corazón impaciente. Conforme transcurrían los días las autoridades no desistían, pero advertía a todos a estar preparados ante cualquier noticia.

Pasada una semana, Kurt debió regresar para no perder el semestre, y hubiera renunciado a su carrera si con eso podía ayudar a encontrarla, pero los padres de Helen le animaron a no hacerlo. El tiempo siguió su curso y las noticias no resultaban ser muy alentadoras. Fue en ese preciso momento que tristemente resignado el joven estudiante escribió en su diario.

Querida Helen, mi amada luz de las colinas grises:

Aún si quisiera emular tus palabras, me sería difícil, sino imposible, el mencionar siquiera una de ellas. Son palabras lejanas, inviolables, tanto mejor insuperables. Quizás, hay quienes las mencionen en sus constantes diálogos personales o entre conversaciones sociales, porque las palabras a todos nos pertenecen. Pero a mi ver, las escritas y declamadas por ti, son especiales, enmarcadas en una solícita inteligencia, y plenas de una preciosa sabiduría otorgada por Tu fiel benefactor de la vida.

Cuando era pequeño — ¿cómo podría saberlo? —, nunca fui adepto a la lectura, no porque lo desconociera; sino porque mis mayores no supieron inculcarme la idea de leer, escribir o narrar cualquier cosa relacionada a la literatura.

Nuestro gen familiar no optaba por los libros, dado que resultaba en una irreparable pérdida de tiempo según ello; y debido a eso, mi padre siempre dictaba que la mejor forma de aprovecharlo, era la de trabajar: ya sea barriendo las calles, ya sea limpiando las cloacas, o en cualquier otro departamento que sostuviera mi régimen económico. Todo carecía de importancia para él; a no ser por la oportunidad de trabajar en un banco, en un estudio contable o en su defecto en alguna empresa, y en último recurso, en aquellas áreas enunciadas al principio. Pero tras yo, descubrir los libros y leerlos, sorprendentemente y esbozando mi mejor postura ante la gracia inequívoca de los autores concebidos en la magnificencia de los dedos de Nuestro Creador, solo puedo decir, que tan complejo y puro manuscrito de vida, impactaba como un testimonio a la grandeza de mi espíritu. A raíz de ello, no puedo sino sorprenderme hasta las lágrimas, por la maravillosa diadema que Dios me entregó por la escritura. Y aunque mal empleado el pensamiento, no he podido declarar algo mucho mejor que lo simplifique y a la vez, aumente el obsequio de esta poderosa y maravillosa naturaleza terrenal dejada en un rincón que parecía olvidado, pero en lo absoluto, invisible.

Somos conscientes de nuestras limitaciones, y nos urge dejarlas de lado lo más rápido posible, porque al hacerlo, impediremos ser detenidos por obstáculos, que, en ocasiones, son impuestos involuntariamente por nosotros mismos.

Demasiado grande ha sido tu amor, Helen; lúcido, enigmático, y fuerte como la base de una colina. Si años atrás hubiese dicho que buscaba entre sueños a la dulce personalidad del amor, de seguro reirían catalogándome de una dudosa persona con declives psicológicos fuera de lo común.

Pero he de confirmar que mi disposición en mi proceder hacia ti, ha sido la más acertada. Razón por la cual, no he retrocedido ni un solo palmo. Y al igual que un viajero recorre lugares y descubre su énfasis hacia lo desconocido, hube de embarcarme en esta travesía provista de sentimientos y milagros adheridos a mi vida con la única posibilidad de encontrarte. Y si en algún momento dudé, estaría mintiendo, porque me afirmé a la columna de la voluntad y persistí sin desmayar en continuar por la senda. Me impulsaba a mí mismo concientizándome en encontrarte, y puesto que sabía con toda certeza que no sería un sueño, esperaba al final del camino, descubrirte sobre esa peña tan apreciada por ti en tus momentos de lectura.

Como verás, mis hipótesis para encausar mi vocación a encontrarte, perforó los ligamentos de la contradicción y se aventuraron a creer en la infinita e irrevocable tarea de verte con mis propios ojos. Tal como sucedió, lo fue inevitable el axioma de la espera, sin embargo, todo eso quedó de lado, simplemente porque desde siempre, yo lo había anhelado; desde que me acostaba hasta que me levantaba. Nada me detuvo, te abracé con el más puro y dulce amor jamás profesado.

¿Cómo explicártelo de otro modo?, no podría, cabría tal vez, una mediocre opinión, pero lo desestimaría de inmediato.

Más hoy no tengo palabras y muy dentro de mí se halla un paradigma, cuyo significado, no he podido descifrar; diría solo que me duele el corazón, y que mil agujas lo atraviesan, hasta dejarlo deshecho e irreconocible.

Pero tus palabras, tus impresiones, la experiencia volcada en cada nota y escrito que he leído de ti, me cautivaron. Profetizaste ante todos y no hubo quien te detuviera. Todo lo llevaste a cabo sin dudar, y nadie pudo reclamar aquello que en la vida te perteneció.

Si pudiera torcer los brazos del tiempo y aflojar los instantes del espacio, voltearme y retroceder; si me fuera posible ir más lejos; no callaría, gritaría a los vientos que se detuvieran, clamaría para que el frío huyera, y entonces, atraparía con mis propias manos cada día y los cubriría de vida y en el regazo de mis emociones, los sazonaría con tus besos.

Pero no puedo hacerlo, no puedo regresar ni tocarte, ni mucho menos puedo abrazarte. Yo no puedo verte a los ojos. Ya no puedo besarte, o cargarte en mis brazos y reír hasta el agotamiento contigo. Ya no puedo.

Eras única para mí. Tú vives en las palabras, en las oraciones y en las rimas. Estás ahí, en cada letra, con todas tus emociones, y la soltura de tu libertad. Por eso, cubriendo los vacíos, llenando los espacios, amando, con fuerzas, en la diestra pasión por la vida...; siempre te amaré.

Tuyo por siempre, Kurt.

«Debería haber estado ahí con ella —se decía visiblemente quebrado por el dolor—; no debí... no debí dejar que me convenciera, yo...no debí...»

Sin poder contener el terrible ahogo de su alma, lloró arrodillándose sobre el puente apretando con fuerzas una foto de ella.

Varios transeúntes lo observaron, algunos se detuvieron curiosos por unos instantes, y continuaron su camino. Para Kurt, su relación con Helen, quedaba sepultada y sin consideración alguna, en las más lúgubres aguas del desconcierto.

Fue así que decidió mudarse al otro lado de la ciudad; a un pequeño departamento. Apagó su celular y a nadie avisó de su paradero. Suspendió las asistencias a clase, y tampoco ofreció notificación de nada; de todos modos, ya no importaba. Deambulaba dentro de su habitación, con las manos aferrando su cabeza y bebiendo sin control.

Dos semanas después, sin poder soportarlo, tomó la determinación de regresar a América, y visitar al sitio donde Helen fuera vista por última vez. A partir de allí, se internaría en la región para nunca más regresar.

Su semblante había cambiado, la textura de su mirada era vacía y en su contemplación hacia la vida, él solo veía desolación. Gastó gran parte de sus ahorros, en la compra de equipos para su única y última aventura. Sus pensamientos se habían detenido en el tiempo, y el vivo reflejo de su novia, era todo cuanto distinguía en su alma.

Se embarcó con un boleto de ida. Partió desde el Aeropuerto Internacional de Leeds Bradford rumbo a Tucson, Estados Unidos. Durante el viaje que le pareció una eternidad, ajustó sus pensamientos, y se propuso una suicida misión. Y complacido con la idea de precipitarse al límite de sus fuerzas, justo a los brazos de lo inevitable, permaneció abstraído en los recuerdos con Helen. De tanto en tanto, sus ojos se humedecían.

Dejando atrás las dos escalas, el vuelo siguió su curso hasta su destino de llegada. Para cuando su vuelo aterrizó, Kurt caminó despacio sin pausa a lo largo del corredor de salida. Y al salir del aeropuerto, se dirigió en pos del alquiler de autos más cercano. Sin demora tomó la Scenic Drive y condujo sin pensar en nada, hasta el aparcamiento principal, próximo a la gigantesca formación natural, que a tantos miles atraía de todas partes del mundo.

Allí abandonó el vehículo y tras preguntar un par de cosas a unos guardias parques, se aventuró hacia la zona del cañón. Una vez en el lugar, y al contemplar el paisaje; una serie de emociones parecieron arrastrarlo sin consuelo al necesario llanto.

Una pareja, un hombre y una mujer, se le acercó.

—Disculpa muchacho. ¿Te sientes bien...?

Kurt, se limpió las lágrimas con su brazo, y asintió inapelable

—Espero no molestar. Soy John y ella, mi novia Irene. Hemos venido de excursión a las cataratas.

—Una buena idea... puede que el lugar los sorprenda.

—Sí —expresó la muchacha—; aunque después de ver en las noticias, lo sucedido con esas chicas canadienses, el asunto se puso algo trágico. A pesar de que no hubo vidas que lamentar. Por suerte, también encontraron a la que estaba desaparecida. No imagino lo por lo que debió atravesar la pobrecilla

Al escuchar esa última observación, el tiempo pareció detenerse para Kurt. Se volvió incrédulo hacia ellos.

—Sí, y está a salvo en un hospital de Arizona —añadió John—. ¿Cómo se llamaba el lugar, amor?

—El Mayo Clinic Hospital.

De súbito, Kurt pareció regresar a la vida. Lloró y luego rió, ante los atónitos turistas. Les dio las gracias y regresó corriendo hasta el auto rentado.

Previó de obtener indicaciones para llegar hasta el hospital, se embarcó a toda velocidad en esa dirección.

Las escasas horas que le llevó atravesar hasta arribar al mencionado nosocomio, lo sofocaron.

Ya en la playa de estacionamiento, cercana al edificio; con un temblor que le cubría los pies y la cabeza, el muchacho entró al lugar. Una vez adentro, escuchó su nombre, al voltearse para ver, observó al padre de Helen, que venía hacia él, con un semblante despejado. Kurt permaneció inmóvil sin saber qué hacer o decir. El hombre emocionado lo abrazó. Pasado un momento, se dirigieron rumbo a la habitación donde se alojaba Helen. Antes de ingresar, el padre de la senderista se detuvo para hablar con Kurt.

—¿Dónde te habías metido muchacho? Hemos estado preguntando por todos lados acerca de tu paradero. Nos tenías preocupados.

—Lo siento, es que... simplemente no podía soportarlo y por esa razón, yo... me había apartado de todos. Lo lamento, señor.

—Olvida las disculpas, estás aquí y es lo que importa. Sabes que siempre podrás contar con nosotros.

—Gracias, ¿cómo está Helen?

—La Divina Providencia la protegió. Después de ser golpeada por la corriente, fue arrastrada lejos de ahí, hasta dar con unos follajes. Se sostiene que Helen, se aferró a ellos, lo cual, la ayudaron a resistir. Y kilómetros más adelante se detuvo cerca de unas rocas. Fue en ese sitio, que unos rescatistas que se encontraban por la zona, lograron divisarla, gracias a Dios ese momento oportuno. El punto es que, no supimos nada de ella debido a que la habían trasladado en helicóptero a un hospital de Arizona, El Canyon Vista Medical Center —pausa—. Y como... ella perdió todas sus pertenencias, no pudieron identificarla; hasta que recuperó la conciencia, semana y media más tarde. Y entre averiguaciones pertinentes que fueron y vinieron, la trasladaron aquí.

Kurt, agradecido de que todo saliera con bien, ingresó a la habitación. El momento se diluyó, delante suyo, cuando vio a Helen que yacía sobre una cama, dormida sana y salva.

Capítulo 3

SIN IMPORTAR MI DOLOR

No hay tiempo, no lo hay. No, cuando sé que no lo tengo, cuando ya ha transcurrido lo suficiente, y en el ardor de los recuerdos, existo como un solo espacio vacío donde no queda absolutamente nada. He experimentado un cambio singular que, en ocasiones me empuja a bajar los brazos y detenerme en una impasible incapacidad.

Desnudos se hallan mis pensamientos, apagados, sin exhibir colores, sin la consistencia de la perspectiva, y abandonados a un lado del severo mandato de la frialdad.

A pesar de ello, intento recuperarme. Yo trato en lo posible de no rendirme. ¡Lucho contra el flagelo de la desesperación!, y me obligo a no caer en la impotencia de no haberlo logrado. Avanzar a través del mismo infierno que se ha propagado a mi alrededor, cubierto de amargura, de angustias; y de no permitir que la relativa derrota que busca atraerme hacia el pozo de la perdición, alcance su objetivo en mí.

No puedo permitirme fracasar, porque sé que no es la separación final de todas las cosas. Por más profundo que sea el cañadón como no pueda imaginarme, no me rendiré. ¡Me pondré de pie y no me convertiré en un espectáculo para los demás! ¡No soy una paria!

Nadie tiene el control sobre mí. No dejaré que me dominen las condenadas apreciaciones de mal gusto. Porque si algo he aprendido en esta confusa vida, es a no compadecerme de mi misma. He llorado y hasta he gritado, pero jamás, ¡jamás me he lamentado sin pelear! Los reproches no sirven, solo son un latón vacío, una cascara sin frutas, que valen nada.

He atravesado caminos duros y escalados terrenos difíciles como para que me rinda justo ahora. A pesar de que me siento agotada, que las fuerzas se han ido y el callejón donde me encuentro es un agrio silencio que me susurra cosas incoherentes y tenebrosas al oído, me he determinado a continuar. Debo hacerlo. No puedo ni debo permitir que la escoria inmunda del fracaso me arrastre hasta sus denigrantes dominios.

Las ratas se han recostado sobre los tachos de residuos a comer de los premios que han obtenidos de tanto remover los escombros de las alcantarillas. Todas enmohecidas y malolientes. De repente, un tronar de latas, botellas y otros elementos, conmueven el entorno. Los gatos han iniciado su cacería, pulgosos, gordos algunos, flacos otros; todos ellos, se han arrojado sobre la existencia de los nauseabundos roedores.

Ha caído la noche, y como siempre, no he visto el atardecer, ese lúdico atardecer que tiñe el horizonte con sus abundantes rojos llenos de vida, de luz y de calor. No... ya no los veo. Solo suspiro por ellos.

No sé cuál es el nombre de este lugar ni donde estoy. Puede que sea un buen nombre o puede que no. No me interesa. En lo que a mí respecta, es un osario de sombras y desdichas que se estiran en las sombras de estas rústicas paredes de cemento. No tengo nada de valor conmigo. Metal o papel. Ni pulseras ni gargantillas que pueda usar para intercambiar por alimentos. Solo mi honra y mi dignidad que mucho no importan para algunos. Solo para mí. Y no pienso perderlas en este arruinado y arrugado sitio de miradas perdidas y locas como cabras. Ni en ninguna otra parte.

No recuerdo mucho. Sé que puedo estar lejos de alguna parte. No lo sé. Puede que tenga familia o la haya tenido. Me siento aletargada por las horas. Me siento inútil, pero no desesperada.

Percibo los sonidos de mi entorno. Los gritos. Las peleas. Los que no desean perder lo que tienen y los que piensan que pueden alzarse con algo de valor. Oigo ruidos de cacharros. De corridas. Es el lugar que rebulle de agonía y de vidas miserables que luchan por escapar de la codicia de la muerte.

Yo la he visto, atrapándolos mientras dormían. Mientras se inyectaban el último sorbo de las sustancias con las que se fugaban a mundos de locuras y colores insulsos. Apartados en los rincones. De pronto, dejaban de mirar y sus ojos se apagaban. Yo no deseaba ver. Luego me acostumbré y el día se convirtió en noche y las semanas se sucedieron.

Calles polvorientas. Veredas rotas. La vida pasaba sin interés, arrastrando sus vestidos sobre la existencia de los que no pertenecían a ningún lado. Los gruñidos malhumorados de los que se quejan y denuncian su pobreza, son los otros sonidos que solía escuchar.

Siento el cansancio que me atraviesa el cuerpo como una esquirla de mil kilos.

Debido a ello, me recosté sobre la pared. Tengo sed y comienzo a sentir hambre. Mis labios se encuentran agrietados, resecos, y el frío se aproxima, indeseable, sereno y acechante.... Una vez más.

Sobre las veredas, las luces del callejón se han encendido, y los que pregonamos en las sombras del olvido, sabemos que no son suficientes, sin embargo, sirven para espantar las agrias tinieblas que se escurren entre las paredes de las construcciones.

En ese momento, alcanzo a distinguir algunos chisporroteos, y un par de lámparas declinan su luminosidad. Ha sido todo para ellas. Como la vida lo suele ser para algunos que cabalgamos a lomos de la indiferencia de la vacuidad, de la insoportable insidia incomprensible que resulta ser la vida en ocasiones.

Más allá, los vagabundos han extendido sus literas de cartón sobre el suelo, y se han arropado con los harapos que les han donado o bien, han encontrado en los botes de basura. Van y vienen, empujándose unos a otros, entre insultos y rezongos. Ninguno retrocede, cada quien pelea por lo suyo.

Y es en ese preciso instante, que uno de ellos, cubierto de barba, tierra e indiferencia, ha puesto sus ojos en mí.

Inmóvil, como una distante figura irrisoria, de seguro le he parecido...; bueno, ignoro lo que pudiera estar pensando acerca de lo que le parezco o como me veo.

De mi parte, dejé de prestarle atención y me escabullí en la oscuridad. El baqueano de las polillas y de los arengues de la insensibilidad, despojado de identidad, miró hacia un lado y hacia otro (a su izquierda y a su derecha) y, sin más, comenzó a caminar en mi dirección. Yo sabía lo que eso representaba.

Me agazapé y busqué entre los escombros. Hasta que di con un trozo de hierro todo corroído por el óxido. Me incorporé, y permanecí sin moverme, viendo hacia la desvencijada puerta —que ya no lo era—, sino más bien una derruida abertura, sin marcos ni nada que pudiera protegerme o aislarme de los vacíos inertes del ambiente, y de los peligros que acechaban en el exterior de ese moribundo estertor desconocido.

Escuché los pasos que se acercaban. Un gato maulló asustado y los perros de las calles vecinas, le ladraron a coro.

El curioso intruso, ya cubría la entrada. El ulular del viento meció una deshilachada bufanda de tonos rojos y azules que le colgaba de su cuello. La vieja gorra que portaba, le llegaba hasta los ojos. Me observó y luego al contundente elemento que sostenía en mi mano. Allí permaneció por unos segundos. Sonrió, y al hacerlo, una demacrada boca de dientes amarillos, quedaron a la vista. Me pegué a la pared, mientras escuchaba mi respiración que subía y bajaba, presa de la tensión.

El gigantón avanzó unos pasos, y entretanto lo hizo, escuchó un pequeño llanto brotar de alguna parte. Eso lo distrajo, tal vez lo desconcertó un poco. Inclinó la cabeza hacia un lado y después se encogió de hombros. No desistió y continuó su avance. Era obvio lo que pensaba hacer conmigo.

Aferré la palanca con ambas manos y separé las piernas. Entonces la luz de la luna movió su reflejo hacia mí, al pasar por detrás de las nubes que la ocultaban; lo cual le brindó un relativo panorama de mi persona.

De repente, lo que pudiera haber visto en mí, lo llevó a detenerse. Retrocedió un paso, y tras pensarlo con detenimiento, (aunque sigo creyendo que no sé lo que pensaba), renunció a lo que sea que tuviera planeado hacer. Lo vi alejarse, rumiando y moviendo su cabeza. Me aflojé y caí de rodillas.

«Estoy exhausta... demasiado cansada como para lidiar con toda esta porquería.»

El callejón es lóbrego, frío, y a los lados del mismo, las puertas están cerradas, y no puedes golpear en ninguna de ellas, porque nadie atenderá. ¿A quién le importa de todas formas? Todo es silencio, un silencio ausente y callado.

Ahora mismo, mientras me apoyaba sobre la helada y derruida pared de concreto, arropada entre mis viejas mantas y al cobijo de las ruinas de un destartalado techo, he encendido por última vez, la fogatita que todas estas noches me ha estado acompañando.

«Estos restantes trozos de madera, me alcanzarán para el resto de la somnolienta jornada.»

Y las tenebrosas brumas que por mucho me han perseguido, me arrastran hasta la somnolencia de los que vagan por las noches solitarias sin pertenecer a ninguna parte, y a quienes sumergen en la loca desesperanza de un mundo sin oportunidad. Oh, sí, estas se desplazan como ejércitos oscuros provistos de miedos y desconciertos. Lo hacen sin piedad. Sin chances para nadie. Despojando de la dignidad y de la fe, a todos aquellos que se han abandonado a la tortuosa forma de vida de vivir en la calle, cubiertos de polvo y de historias perdidas. Un lugar donde en ocasiones el alma se pierde, y las agrias mentiras de la maldad emergen como serpientes esqueléticas y deformes.

Atrapada en la conciencia de la inevitabilidad, me despertaba por las noches y me preguntaba, — a veces por las madrugadas, doblada en dos, a causa del frío y del hambre—. ¿Quién soy? ¿Cómo he terminado aquí? Pero no obtenía respuestas. Solo tenía mi presente y la presencia fría y azul de la pared.

A pesar de ello, alguien más me acompaña, alguien a quien le profeso mi amor con las fuerzas que mi corazón impulsa en cada uno de sus latidos.

Entre mis piernas, acurrucado, arropado en unas mantas de lana deshechas, llenas de remiendo, a las que les quitado el polvo y la humedad

—he aplastado unas garrapatas que se devoraban entre sí—; duerme mi niño, mi bebé... la señal que ha marcado mi esencia: mi tierno milagro.

Lo he dado a luz con dolor, sola, entre los escombros de una vieja habitación sin techo, ni cobijo, excepto por el angustiado sereno que nos empapó y nos abrazó, espectral, lánguido e insistente.

— ¿Quién soy...? ¿Acaso un despojo inservible de una fantasmagórica silueta, cubierta de nostalgia?

Escuché a mi niño llorar, tiene hambre... yo también, pero él no puede esperar. Aun así, me siento débil, he perdido demasiada sangre. Acerqué unos trozos de cartón, y lo coloqué entre mi espalda y la endurecida pared agrietada. Y, antes de acomodar a mi bebé, ahuyenté a unas desgreñadas ratas que habían venido olfateando nuestra desdichada existencia.

—Miserables animales llenos de piojos, ¡fuera! ¡Aléjense!

Sus chillidos se perdieron en la sombría noche. Tomé con delicadez la única posesión más valiosa para mí entre mis manos, y recorrí una parte de mi blusa, para brindarle mi amor. Su llantito se detuvo, y voraz, bebió de la fuente que nacía de mi interior.

— ¿Quién soy...?

Ahora lo sé... Soy madre. Lo soy porque he dado a luz una vida, y nadie me ha ayudado. Todo lo he hecho yo sola. Lo he hecho en una recóndita y sucia suite de honor, amalgamada al espectro maloliente del musgo, en una resquebrajada ruina de duro hormigón. En este pedregoso asilo, he dado a luz la oportunidad de mi felicidad, la dicha que solo una mujer tiene por derecho divino. Y he limpiado a mi niño y cortado con mis propias manos el cordón que lo unía a mí.

Maravillada, observé sus ojitos cerrados, sus manitos apretadas y el cuerpito tibio, pleno de calor.

Sé quién soy, porque en sangre he vertido mi sufrimiento y con sangre lo he quitado. La luna ha sido testigo del privilegio que se me ha sido otorgado. Mis vestidos se hallaban manchados, y mi rostro pálido se asemejaba más a una visión fantasmal que una persona viva.

«¡Qué importa!, mi niña ahora duerme en mis brazos. No moriré aquí, no lo haré hoy. Y como sea, me lanzaré a la boca de la bestia y le impeleré en su fea cara con la fuerza de mi espíritu; lo haré por ti que te cargo en mis brazos.»

Si... eso es; caminaré lejos de aquí, e iré tras mi destino y sé que lo alcanzaré; porque he traído vida a este mundo y ella es mi fortaleza.

El cielo permanecía despejado. Con sus estrellas indiferentes y lejanas a todo lo que aquí ocurría. Todo este sitio cubierto de gemidos de dolor, de sufrimientos; de apatías; de hilarantes risotadas que saltaban en las alcantarillas, como si negros augurios espiaran las formas de los que poblaban los callejones, se extendía como una gran capa mortuoria.

De repente y en medio de toda esta insondable circunstancia infeliz y moribunda, un viento comenzó a soplar. El ulular no resultaba agresivo ni fuerte. Solo provocaba que hiciera un poco más de frío. La noche que ya se había desprendido sobre nosotras, apuró mi decisión de marcharme cuanto antes de este horrible territorio.

Me aseé con un poco de agua que había juntado en un viejo recipiente de latón. Limpié mi rostro y enjugué mis lágrimas que he estado vertiendo a lo largo de estas últimas horas. Recogí mi pelo, mudé mis vestidos ensangrentados y viejos, por otros que había recogido de una bolsa que alguien dejó por ahí, para alguien como yo. Y entonces, me ocupé de mi hijita, la única herencia que he dado a luz con amor y fe.

La abrigué con algunos paños que hube recogido aquí y allá, lo sostuve con firmeza en mis brazos, y me incorporé. Me puse de pie, mientras la luna bañaba nuestras siluetas. No recogí ni tomé nada más. Solo seríamos nosotras, y el aliento que olía a esperanza.

Abrigada con mi única chamarra de cuero, me alejé silenciosa, de aquel estrujante corredor de miserias y lamentos. Lo hice consciente de que nuestra historia no se perdería. Que todo recién comenzaba.

Poco a poco, fui dejado atrás al callejón que ya se disolvía entre las cerrazones. Mi hija y yo, avanzamos, pegados a la pared, acurrucados, con la existencia llenando nuestras fugitivas almas. Escapando hacia el horizonte, hacia cualquier oportunidad que nos permitiera vivir con dignidad.

Poco después, la probabilidad que para mí resultaba, hasta ese punto inexacta, se materializó frente a mis ojos. La mano de la Divina Providencia, se aproximó a mí.

Un auto de color bordó, desconozco su marca, se detuvo a un lado y un hombre de aspecto jovial y cortés, se acercó, llamándome con un nombre que me resultaba extraño. Mi nombre, era lo único que portaba sobre mi vida.

—¿Annalía? ¡Annalía!

Al principio lo ignoré, pensando que tal vez llamaba a alguien más. Luego de que pronunciara mi nombre un par de veces más y con mucha insistencia, me di cuenta que la persona parecía conocerme. Aferré a mi niña y retrocedí un par de pasos. El mencionado interlocutor, venía hacia mí; pero yo le extendí una de mis manos, instándole a que no se acercara.

—¿Quién es usted? —dije con asombro y sin dejar de verlo.

—Mike... soy Mike, Annalía, ¿no te acuerdas de mí? Cielos mujer, no te das una idea de cuánto te hemos estado buscando.

—¿Quién me busca? ¿Por qué...?

— ¡Tus padres! Todos hemos estado revolviendo cielo y tierra, tratando de encontrarte. El despreciable de Marcos nos dijo lo que había ocurrido entre ustedes dos, y de cómo te abandonó en el otro extremo de la ciudad, después de enterarse que estabas dispuesta a romper con él. De esto, hace poco más de tres semanas —llevó las manos a la cintura y negó con la cabeza—. Todo ese tiempo de desasosiegos y engaños mientras vivías con él; y siquiera... siquiera pudimos darnos cuenta de lo abusivo que era contigo. Y para cuando al fin te armaste de valor para salirte de su camino, te dejó tirada como si de cualquier cosa se tratara. Imbécil escoria humana.

Mi perplejidad fue en aumento al escuchar esas palabras, mucho más al ver lo conmovido que se veía en relación a mi persona. ¿Sería posible que alguien tuviera la maldad suficiente para robarme ese tiempo y qué, en medio de esa infeliz desdicha, nos abandonara a mí y a mi hija...? ¿Y por qué me resulta difícil recordar el pasado al que fui expulsada?

—Yo..., no recuerdo nada de eso —fue todo cuanto pude balbucear.

«¿Qué debía hacer? ¿Salir a toda carrera de este lugar, donde una misteriosa persona que alegaba conocerme, me decía que alguien fue el responsable de esta miserabilidad que todos estos días con sus noches me ha estado acompañando? ¿Qué he sido embaucada y pisoteada como una cosa cualquiera? ¿Es eso lo que está diciéndome?»

La respiración se aceleró y mi mente comenzó a nublarse. Al momento, otro auto se estacionó a un lado de la acera y una elegante mujer pelirroja de ojos deslumbrantes, quizás por la compasión que sintió al verme en esa condición, exclamó entre lágrimas, mientras corría hacia mí.

— ¡Annalía, hija mía! ¡Bendita seas! ¿Qué te ha sucedido...?

Me mantuve inmóvil sin saber qué hacer frente a la llamativa interpelación de esa mujer. De pronto, la noche dejó de sentirse fría, y yo, de sentirme desamparada; y en ese preciso instante, me vi atrapada en nubarrones que se mecían sobre mí y sobre mi bebé.

Por algún motivo, intuí que todo aquello significaba algo bueno para mí.

—Yo... —y eso fue todo.

Me desmayé.

Y en la inconciencia, sentí la pena que se alejaba de mi alma como un pesado anclaje que ya no servía más; pero, antes de ser cubierta por las andrajosas corrientes de la nada, pensé en mi bebé. Al momento siguiente, todo fue una oscura neblina que cosquilleó en mi mente.

Más adelante, ignoro en cuanto a conocimiento, o cuáles fueron las órdenes que recibieron mis recuerdos. No supe las razones ni el medio utilizado para recuperarme; por consiguiente, los misterios fueron resueltos, sin que mi agotada mente sufriera otros daños mayores, y superando a la vez, la triste realidad que me había tocado vivir.

Quizá un ser bondadoso me haló de aquella habitación, quitándome de la oscuridad, para salir a la vida que una vez conocí y a aquellos que todavía velaban por mí. Y mientras tanto formulaba este grandioso paradigma, puede que, empujada a refugiarme de las hostiles condiciones del entorno, haya sido obligada en esos impíos días pasados, a resguardarme en eses insólito paraje donde vi nacer a mi hijita.

He recuperado todos mis sentidos, y sin aflicción ni cansancio, tras dormir por varias horas, (casi un día entero), comencé de a poco, a rememorar los intrigantes sucesos que me llevaron a perder la memoria, y por ende, a vivir como una pordiosera.

Intrigada, mastiqué la pregunta, acerca de la incesante conmoción que afligía el corazón. ¿Por qué ciertos hombres golpean a las mujeres, las arrastran por el suelo, como si de estiércol se tratara? La fría brutalidad de la ira destruyendo la vida. Un asesino instante de la dicha, prepotente y egoísta.

Pensé en los cambios recientes producidos por el atropello de la noticia que acababa de recibir, y esta, indicaba con el dedo índice, a un hombre, un hombre aplastando la cualidad más valiosa, la integridad de una mujer que jugaba de niña, reía y soñaba de adolescente, que creyó en el amor y entregó su virtud como el honor más alto. La escena frente mí, me aturdió quitándome el aliento. Porque, mientras los minutos transcurrían, me vi observando mis heridas; los pómulos envanecidos, la descarga moral, la inocente y espontánea realidad de la expresión compungida por los golpes; y todo, para reafirmar lo siguiente: la posición primitiva de los que destruyen sueños y aplastan la joven naturaleza de los sentimientos como si fuera una flor arrojada al fango y luego desmenuzada sin compasión.

Rastros de violencia, estremecían mi rostro. Donde hubo calor y caracteres limpios con bellos dramas, ahora, los raspones y restos de violáceos cardenales, surcaban el semblante amoratado, causando tristeza a través del maquillaje. Mi nerviosa respiración me incomodó, me indignó, y me esforcé por aparentar valor.

A pesar de ello, me avergoncé. Me avergüenzo al no poder entender el misterio de este problema. Me siento agotada. No sé qué hacer. ¿Por qué lo hizo? ¿Por qué apuñaló mi alma de ese modo? Cuando no tenía trabajo, era yo quien trabajaba, y jamás le reclamé nada, era consiente de nuestra situación. Pero no le bastó...; es igual, eso hoy no importa. No escucho al consuelo despejando la aburrida duda. No quiero, ni busco mezclarme en la vulgaridad del odio. No quiero tener contacto con la mendicidad de quienes conviven con ese despótico resentir. Siento un vacío. Deforme y amenazador. No me gusta. No debería ser así... no lo quiero en mi vida. Sin embargo... está ahí, como una sombra que no se va.

Recordé también, el empujón en un oxidado tranvía cuando buscaba regresar a casa de mis padres —quizás un presunto ladrón que buscó llevarse mi cartera—, pero con el fatídico incidente de que mi cabeza diera contra el borde metálico de una de las salidas. Fue así que, la lástima de alguien me depositó sobre uno de los bancos de una estación, y a partir de allí, comencé a deambular por viejas paredes y callejones, luchando por sobrevivir. La sangre de mi cabeza se secó en mis cabellos, y el polvo y la tierra, me maquillaron para ser una errante más.

Suspiré y quise llorar. Una mano, acarició una de mis mejillas. Entreabrí mis ojos y luego de unos parpadeos, pude reconocer a mi madre.

—Hola, bebé, ¿cómo te sientes mi niña?

Asentí y levanté mi mano, señalando una cuna que se encontraba a un metro de mi cama.

—Oh, mi amor, es hermosa, ella está bien. Los médicos la tienen bajo observación. Más tarde te la traerán. Ahora debes descansar, has pasado por muchos periodos de deshidratación, entre otras cosas.

Cerré mis ojos y comprendí que ya no estaría sola. Confortada, me dormí.

Capítulo 4

EN RETROSPECTIVA...

«¿Dónde fue que nos perdimos? El tiempo se hundía, se diluía entre los dedos, mientras me preguntaba: ¿Cuándo extraviamos el idilio?»

A mi alrededor, los días avanzaban en la complejidad de sus texturas, a veces tristes, y otras tantas alegres. Las señales inequívocas que conforman el espíritu natural de un hombre y una mujer, son las que a menudo, resaltan nuestro carácter y la capacidad de ser quienes somos.

¡Qué complejas suelen ser las relaciones entre dos personas! Y al igual que las emociones, sean estas negativas o positivas, y las reflexiones que se encuentran en este tipo de conciliaciones, conforman el punto de encuentro que muchos pierden sin que se den por enterado.

La amistad, así como el amor, existen; y los sueles hallar a lo largo y ancho de toda la vida. Y en cuanto a la presencia silenciosa, evidente o escurridiza, de esos peculiares ingredientes afectivos, en algunos resaltan más que en otros.

Sin embargo, todavía persisto interrogando al cruel intervalo que se había interpuesto entre tú y yo.

¿En qué momento, habíamos perdido la pasión de beber de una fuente sin igual, pura y exquisita?

Se había levantado el telón y los ensayos se detuvieron. La obra inició su curso, y las manos que se habían dispuesto a aplaudir, se detuvieron abstraídas a causa de la insensible conjetura que se cernía sobre nuestro presente.

Para el deseo del alma y el corazón que latían exigidos, la ruptura fue inminente. Creo que nos hemos acostumbrado a considerar nuestro éxtasis, como un simple ritual que quitaba la sed, y a raíz de eso, el fuego cesó, y sutilmente, el aliento comenzó a secarse. Nuestros impulsos ya no nos obedecían. Caímos en la compleja estructura de lo normal y cotidiano.

Por ello, hemos dejado de apreciarlo, de consentirlo como un bien en común, sin complacencias y sin obsequios. Y debido a esa falta de compasión, con nuestros más abnegados sentimientos, hemos abandonado ese modo refrescante y pleno, de sensaciones pujantes que nos impulsaban a ser quienes éramos. Nos hemos convertido en lo que más odiábamos, en rutinas interminables; sin ternura, viviendo unos días grises, sin el verdor de nuestra existencia, en extraños que han desechado las oportunidades de descubrirse. Dejamos de disfrutar de la experiencia de estar juntos. Y en lugar de amarnos, de probar el exquisito manjar regalado por los dioses del compromiso, nos transformamos, en simples y regulares mortales incapaces de navegar en las profundidades del amor, estructurados, moldeados ya no a imagen y semejanza del romance, sino de un mundo carente de conexión y sentimientos. Sumamente frío.

A causa de esa malograda acción inevitable, las grietas surgieron sin descanso, y en un breve intervalo de tiempo, dejamos de ser los amantes que se anhelaban mutuamente. Nos permitimos abandonar el lecho que, por muchos años, satisfizo nuestros deleites bajo la luz de la luna.

La vívida magia de estar enamorados, se evaporó, y simplemente nos perdimos y dejamos de buscarnos. Morimos a la aventura de Eros, y caímos en la apatía del verbo sin conjugar. Fue así, que nos hundimos en un loco delirio de soledad.

Seres alejados por los problemas, por la insatisfacción, la impotencia y la inseguridad. ¡Por supuesto que me siento afligido!, porque no puedo detenerme de pensar en lo siguiente: ¿Cómo pudo suceder tal desavenencia de desvincularnos del amor profesado?

Traigo a mi mente, cuando en un principio nada nos afectaba, y echábamos sobre nuestros hombros, todas esas innecesarias cargas para poder continuar nuestro camino, el sendero que considerábamos único, solo para amarnos en el goce completo de una fogosa relación que constituía nuestra propia grandeza. Más ahora, la apatía desgarró la admiración que nos profesábamos y nos alejó de nuestro comienzo. Todo se volvió jazz de fantasía, en una ilusión que al igual que el aire, no se podía ver ni tampoco tocar.

¿Lo recuerdas, al principio, durante nuestros encuentros amorosos, cuando bebíamos hasta la última gota de esa satisfacción nupcial? ¿Lo recuerdas...? ¡Oh, como amaba besarte, sin importar las horas, el lugar, ni el mundo al que pertenecíamos!

Más, hoy, todo ese deleite que marcaba al rojo vivo nuestra pasión, se ha desvirtuado a una mera y fortuita casualidad para ser usada de tanto en tanto. ¡No!; es peor que eso, es una, ¡maldita transición de porquería! Porque sin importar qué... nos amábamos a pesar de todo. Pero ahora ya no. Ya no.

Yo... simplemente... no lo entiendo... me es imposible de hacerlo.

¿Cómo pudo suceder? ¿Cómo fue que dejamos de amarnos? O acaso no fue amor, y solo fue un sencillo momento de ilusión o como dirían por ahí, ¡un puerco metejón, que nos sumió en la nada! Porque eso es lo que nos ha quedado: ¡Nada!, ni cenizas siquiera, ¡nada! Excepto este, inútil y vasto prado sin flores, tan estéril como un vientre marchito incapaz de dar a luz. Un lugar desértico. Una estúpida historia rota.

— ¡Abandónala! ¡Déjala! —gritaban aquí y allá— ¡La muy imbécil dejó a su hijo dentro del auto, mientras se metía al motel con ese tipo! ¡No tiene corazón de madre! ¡La muy maldita!

El estupefacto padre del niño, veía como los paramédicos lo retiraban inconsciente del vehículo, entretanto, su esposa, aferrada a sus piernas, le suplicaba que la perdonase.

«¿Cómo hemos podido llegar hasta aquí? —pensó él—. ¿Cuál ha sido nuestro error?»

El pensar en esta inconcebible experiencia, lo sujetó sobre un imaginario y desconcertante precipicio.

Los asistentes después de subir al pequeño a la camilla, y luego de que le aplicasen los primeros auxilios, pudieron corroborar con alivio, que el niño se hallaba fuera de peligro.

—Descuida se pondrá bien —expresó uno de los funcionarios de la salud, al angustiado padre—. Igualmente lo llevaremos hasta urgencias. Podrás verlo ahí.

El paramédico, echó un rápido vistazo a la madre, pero no dijo nada. Comprensivo, colocó una mano en el hombro del apesadumbrado padre, quien, infligido por un ensombrecido malestar, intentaba dar con los pensamientos correctos, a la vez que se sentía arrastrado por las tumultuosas corrientes que lo halaban, en una enloquecida marea emocional.

Minutos antes, en un viejo apartamento de los suburbios, luchaba por evitar que un amigo suyo se inyectara alcohol en las venas, a causa de que su novia lo había abandonado tras cuatro años de intenso noviazgo.

En esa agitada situación, forcejeaba con el resentido rechazado, cuando su celular sonó con insistencia. Empujó a su amigo contra una pared y tomó la llamada. Una preocupada voz del otro lado, le advirtió acerca de la condición de su hijo.

Percibiendo una repentina desolación, y deseando dar por terminada la resistencia con su amigo, lo golpeó, y después lo amarró a una vieja silla. De esa forma, evitaría que cuando despertara, siguiera con su loca idea de acabar con su vida. Rompió entonces las jeringas, y el material disponible. Subió a su auto y condujo como un demente hasta la dirección que le dictaran a través del teléfono.

Alguien, alertado por unos extraños movimientos dentro del vehículo, y tras constatar que se trataba de un niño de muy corta edad. Sin demora, llamó a emergencias, y en el transcurso, otra persona amiga del matrimonio que atinaba a pasar por el lugar, lo llamó, notificándole del suceso.

Con las manos en la cintura levantó su rostro al cielo para recuperar el aliento e interpretar las cosas —si acaso se pudiera— con más objetividad. Sin embargo, no pudo hacerlo. Simplemente porque, tan singular situación, le producía resultados tan amargos, como impropios, ilógicos e impensables, al punto que estremecían la raíz de su médula.

Impotente al no poder hacer nada, llevó una mano a los ojos, que ya comenzaban a humedecerse.

La convulsionada fuerza sentimental que lo unía a su pequeño muchacho, lo arrastraba sin medida y en caída libre, hacia una terrible vorágine en espiral.

Con todo el enojo del espíritu, supo que podría llorar y enojares, y hasta gritarle a su esposa, reprocharle y preguntar: ¿En qué carajos pensaba, cuando dejó solo y encerrado a su propio hijo, solo para ir y revolcarse en el hartazgo de una lujuriosa hora de sexo...?

Tristeza, fue lo que percibió, y la ansiedad que le cortaba la respiración. Lánguidas lágrimas comenzaban a recorrer sus mejillas. Entendió que cualquier cosa podría llegar a brotar de su corazón desesperado. Sintió un crespón negro abatirse sobre sus manos. Los puños asomaron decididos. ¿Acaso se encontraba en una pesadilla del infierno?

La mujer a los pies de su esposo rogaba por perdón, y el supuesto amante por temor a una represalia posterior, decidió quedarse sentado en la vereda, con la cabeza entre las piernas, azuzado por la intranquilidad de los hechos. También pensó en alejarse lo más pronto posible de ese lugar, pero el padre del niño, lo conocía. Trabajaban en el mismo lugar. Supo que no tenía escapatoria. Solo debía esperar y ver que todo terminara de una vez. Entendió que, en caso de ser confrontado por él, no podría igualar su poder de lucha. Tal vez un puñetazo y eso sería todo. Sí, podía resistir eso. Uno y hasta dos. Pero serviría para que lo dejara en paz y no lo buscara después, para una posible venganza. Aunque puede también, que no sea de esos.

Entonces, el velo se corrió y la insurgente ira se hizo a un lado. La tensión se aflojó, y con implacable determinación, el indolente padre, traicionado y conjurado por quien amaba más que a nada en la vida, empujó la maraña de sensaciones que lo amarraban a la pena y a la perplejidad, y preguntó con voz firme, inmerso en la presencia de un momento indescriptible.

— ¿Amas a nuestro hijo, Nicole...?

Su esposa, tras unos segundos, soltó su llanto y lo vio, absorbida en una desfallecida zozobra.

— ¿Qué...? ¿Qué es lo que dices?

— ¿A quién le importa nuestro hijo? Dime Nicole, ¿a quién le importa en verdad?

—Mi amor... Por favor...

— ¿Acabas de ver lo que le ha ocurrido? Tú estabas fornicando con otra persona y yo intentaba que alguien no se suicide. ¿Te parece posible todo esto?

La mujer rompió en llanto, ahogada por la culpa que subía de lo más íntimo, y escondió el rostro entre sus manos.

—Nicole... ¿Amas a nuestro niño?

— ¿Por qué? ¿Por qué me dices esto...? Sabes que lo amo... Yo... yo lo siento, Chris... de verdad, ¡lo lamento!

—Nicole, nuestro hijo está vivo, y fue porque los paramédicos intervinieron justo a tiempo. Porque otras personas se dieron cuenta del problema en el que estaba e hicieron una llamada de auxilio. ¿Dónde estabas tú, mientras él se sofocaba allí dentro?

Su esposa lo vio sin dejar de llorar.

—Chris, lo siento... de veras... —el llanto la interrumpió.

Su esposo continuó como si no la escuchara.

— No he sido yo, ni tú; otras fueron las personas que vieron por nuestro hijo. ¿Sabes lo que todo esto significa...? Que no interesa el momento o la situación, hubo alguien que observó lo sucedido y decidió hacer algo al respecto. Y aunque, todavía no lo alcanzo a descubrir...; sé que también es mi culpa, porque yo debí estar con él y... no estar tan preocupado de que mi amigo se suicidara. Pero no lo estaba, por la sencilla razón de que nuestro hijo se hallaba bajo tu cuidado, o eso suponía. Sin embargo, no fue así... te valió nada dejarlo ahí, en tanto ese imbécil te montaba como a una yegua loca.

>>A ti no te importó en lo más mínimo, Nicole. Tú, nada más deseabas tener sexo, sin importar si nuestro bebé estuviera bien o no. Colocaste en una posición de escudo a nuestro hijo... mientras te revolcabas con ese idiota patán descerebrado. Abrir tus piernas fue mucho más importante para ti. ¡Usaste a nuestro niño como escudo, Nicole! ¡Ni siquiera te interesó saber cómo estaría! Tu error pudo costarle la vida. ¿Entiendes lo que digo...? Ahora dime... ¿Qué es lo que debo hacer?

Su esposa tomó sus manos y las juntó con las suyas, implorante, acongojada, en un confuso arrepentimiento.

—Perdóname Chris... Por favor, perdóname... perdóname, mi amor...

El aturdido padre, suspiró.

—Nicole, no es a mí a quien debes pedir perdón, es a nuestro hijo... —retiró sus manos y se aferró la cabeza. Suspiró y negó totalmente apesadumbrado—. Yo... yo estoy cansado... Iré al hospital, y de seguro, él querrá verte, porque necesitará a su madre. No sé qué voy a hacer después, pero por el momento, importa la salud de nuestro hijo... Dile a ese estúpido con el que te acostaste, que te lleve.

—Chris, por favor...

—Hazlo, porque yo no te llevaré.

—Caminaré de ser necesario y correré, pero no iré con él.

— ¡Por supuesto que lo harías! Sí, él ya te tuvo y tú a él. Ambos obtuvieron lo que querían.

No dijo nada más y se alejó en busca de su auto. Detrás, su esposa permaneció aferrándose los brazos, impresa en un compulsivo llanto. Enseguida, y tras enjugarse las lágrimas con sus manos, comenzó a caminar.

Dos calles más adelante, Chris la recogió. Sin decir palabra, la mujer se acomodó sobre su butaca. Observó por unos segundos a su esposo, y luego se recostó sobre la puerta.

No había cielos estrellados. La luna no deleitaba con su brillo ni el ánimo se impregnaba de valor.

No existen los pensamientos positivos para esta clase de dramas, ni tampoco los mensajes motivacionales. El pesar uno se lo lleva adentro y se debe lidiar con eso. Es todo lo que hay. Pero si por esas razones de la vida, el acuerdo permite que se puedan superar los escollos de los conflictos, entonces con toda garantía, puede que haya un mañana.

El presunto amante, comprobó de reojo que la escena se alejaba de él. Se vio por enterado que, de la misma manera, debía marcharse. Se incorporó, y observó el motel por unos instantes, luego a la pareja que ya partía en su automóvil. Rebuscó en el interior de su abrigo y extrajo un paquete de cigarrillos. Encendió uno. Varios lo vieron como a un reo al que le perdonaban la vida y le devolvían la libertad. No le importó. Se alejó, hasta perderse en el bullicio de la ciudad.

En el hospital, en ese tumulto de vidas y de personas que corrían para asistir al enfermo y desahuciado, una enfermera que sostenía un pequeño biberón, inclinó su cabeza para escuchar en dirección de una de las camas de maternidad. Sus ojos color miel parpadearon un par de veces y la contundente afirmación de su vocación, se conmovió en su pecho. El pequeño que había llegado en manos de los paramédicos, pedía ver a su madre.

Capítulo 5

HOGAR

Hacia una de las tardes del verano; en lo alto, las voraces columnas de humo navegaban en zigzag, mientras avanzaban con decisión hacia los cielos, perforando las alturas. Unos espesos e impertérritos cúmulos grises, impedían la claridad del paso del sol. No había belleza en el paisaje, todo estaba desapareciendo, y solo se escuchaban, esos chasquidos, los desagradables sonidos que flotaban en las ondulaciones sobre la arruinada región que lentamente iba siendo arrasada hasta sus raíces.

Las enormes fumarolas, ascendían y ascendían, exhibiendo los relieves de sus anuncios trágicos y temibles. A causa de ello, el horizonte que se había vuelto opaco y ceniciento, dejaba a la vista, las rebeldes neblinas grisáceas que todo lo ennegrecían. El verde de las gramillas y abundantes follajes, también había sido arrasado.

El signo era preocupante, y la razón todavía más. Los bosques se encontraban ardiendo, bajo el peso del fuego infernal que convertía a la población de árboles en poco menos que desechos fantasmales.

Y a ello, se han unido la desesperanza y el fuerte bramido que retumbaba gradualmente sin ecos ni voces. La persecución había dado inicio, y no hay nada que lo pudiera detener. El fuego ha escalado los montes y se ha precipitado sobre todo y todos. Ruge como un animal herido, sus llamas crepitan demencialmente y todo lo va despedazando a su paso. Se plasma delante de los hombres y los animales como el único alquimista capaz de orquestar la peor de las destrucciones. Su bramido recorre la región y el pesado humo que carga sobre sus alforjas es un desagradable augurio que influye miedo y desesperación.

— ¡Vamos, Leslie, debemos salir pronto de aquí!

— ¡No! ¡Ya te he dicho que me quedaré!

Su resolución me dejó atónito. Su mirada indagó hacía unos riscos, por debajo de la escarpada colina adyacente y a un lado de donde se encontraba nuestra casa. Como lo suponía, no había forma de convencer que saliéramos de allí.

— ¡Por favor, nena! ¡Ya nada podemos hacer!

—Es lo que tú crees. De mi parte, no me moveré... ¡No saldré de este lugar!

— ¿Por qué lo haces? No lo entiendo... me obstina el hecho de que permanezcas...

—Las llamas se acercan cielo, si piensas irte, es ahora... Ya te dije que no me moveré. Tengo trabajo que hacer.

Sus manos, daban los últimos ajustes a un lazo.

—No... no puedo. Yo no...

— ¿Qué es lo que no puedes, Ryan? ¿Te mortifica mi actitud?

—Linda, ¿por qué me haces esto? Sabes que no puedo irme sin ti.

— ¿Es que acaso no lo ves? ¡Este es nuestro hogar! Yo... no... simplemente... no puedo dejarlo.

— ¿De qué hablas? ¿Por qué me hostigas de esta manera?

— ¿Hostigarte Ryan? —dejó la soga y me encaró—. ¿Es que no puedes ver por un condenado segundo lo que realmente me ocurre...? Por favor, solo mira a tu alrededor, ¡mira! Y dime que no te duele que todo esto pueda terminar de una manera tan insoportable y de la misma forma, como nuestra vida se ha ido evaporando con el correr de los meses. ¡Nuestro amor se ha corroído por causa de nuestra propia indiferencia! Y justo en este momento. ¡Aquí y ahora! ¡Un incendio busca terminar con aquello que significa mucho para mí! Pronto, todo esto no será nada más que ruinas... ¿Sabes qué? No puedo permitirlo, no lo haré. Ahí tienes la salida, yo me quedaré a pelear por nuestro hogar, sin importar si nuestro matrimonio se acaba o no.

Si bien era cierto que nuestra relación se había ido desgastando hasta convertirnos en una pareja que solo comprendía el compartir un techo y en ocasiones cenar juntos, pero sentados en lugares diferentes de la sala; Incluso por las noches, yo dormía en la habitación contigua a la suya; y apenas si cruzábamos algún diálogo y ni hablar del sexo: Un tema largo de hablar.

Y por otro lado, estaba todo este asunto de los incendios forestales que me dejaba sin aliento. No me importaba si la casa se venía abajo por causa de las llamas, el seguro nos ayudaría a levantar otra. De eso no tenía la más mínima duda. Hasta llegué a pensar de repartirnos el dinero en caso de que ella no deseara comprar otra. Pero, esta repentina actitud suya, me sorprendió. No creí que todavía le interesara. Estando más cerca del divorcio que de una reconciliación, jamás entreví que pudiera llegar a estar en una situación como la actual.

— ¡Leslie! ¡Es una locura! ¿Cómo podrás...?

—Tomaré una pala y cabaré una zanja alrededor, además tengo otras ideas.

— ¡Pero...!

— ¡Es suficiente Ryan! ¡Si quieres marcharte, vete; pero no me arrastrarás contigo! —se volvió enfada hacia mí—. ¿Todavía no lo alcanzas a comprender...? Te diré algo para que lo visualices. Mientras estuvimos aquí, en esta línea de nuestra deplorable existencia. Yo. Ryan, yo, tu mujer, he estado recordando a nuestros hijos —negó con la cabeza entre sonriente y triste—. Yo... los he visto corretear por la casa, en sus camas por las noches, y esas veces que me desvelaba cuando tenían pesadillas —pausa—. También, los momentos que tú y yo, nos tomábamos una taza de café, platicando acerca de nuestro futuro, inmersos en un mundo personal e íntimo, sin pensar en el tiempo y en sus razones; solo viviendo nuestro amor, nuestro romance —de nuevo negó con la cabeza y extendió las manos hacia mí—. Todas visiones tontas que hoy... parecen no tener sentido. Y...no lo sé, pero en algún punto —elevó un suspiro impreso en ansiedad—; todo se fue perdiendo, y me duele, Ryan... sinceramente, me duele todo esto —me dio la espalda y señaló la casa—; sin embargo, quiero que entiendas algo... nuestros hijos, se encuentran a salvo con tu madre, pero nuestra casa, ¡nuestro bendito hogar, Ryan!, nuestro hogar nos necesita... Es parte de nuestras vidas... y nadie más lo hará por nosotros... ¡Entiéndelo de una vez por todas! Y si después de esto quieres divorciarte, me da igual. Me tiene sin cuidado si lo quieres hacer o tal vez sí, y no te deje hacerlo. A decir verdad, estoy enojada. Muy enojada. Conmigo y contigo, porque no cuidamos lo que una vez tuvimos. Solo dejamos que nuestras obligaciones nos alejaran cada vez más. ¿Y de qué sirvió? Somos dos extraños que apenas conciben una decente conversación a lo largo del día.

>>¡Estoy harta de toda esta endiablada idea de convivir según las normas de una relación ajustada y derecha! ¡JODIDA PORQUERÍA! ¡Es por nuestro matrimonio que deberíamos haber peleado, no por esos estúpidos y jodidos sueldos! —colocó las manos en la cintura y levantó su rostro hacia el cielo. Suspiró—. De todas formas —pasó una de sus manos por sus ojos, para limpiarse las lágrimas—; nuestro amor murió hace rato. Sigue con tu vida, que yo seguiré con la mía... aquí. Llorando como una loca, atada a los recuerdos, preguntándome dónde fallé y todo eso. Pero lo haré aquí, y si debo caer bajo las llamas de este engendro del infierno, no me importa. Lucharé hasta el final por lo que una vez fue... nuestro hogar —su voz se volvió en un susurró cuando dijo lo siguiente—. Cielos, Ryan... es nuestro hogar. ¿Cómo puede ser que también lo perdamos? ¿Qué nos quedará después? ¿Cenizas? ¿A eso se resume nuestras vidas?

Se produjo una pausa tan difícil de interrumpir.

—Leslie... —no hubo necesidad de más, sus ojos llenos de lágrimas, de la misma forma que sus palabras, golpearon en mi corazón tal si lo hiciera un martillo sobre el yunque. Puede que no lo hubiera visto. Puede que nuestros trabajos nos hayan absorbido de tal manera que no nos dimos tiempo para más. Y que yo me comportara como un desgraciado desconsiderado, al que poco y nada le importaba nuestra relación.

Carajo, no tengo palabras ni excusas para esto —. Lo siento... —dije con voz queda—. Tienes razón... yo, no lo había pensado así.

— ¿Cómo podrías, si has estado trabajando como un poseso por esa ridícula recomendación para el puesto de ejecutivo de la compañía, por más de un año?

«Es una manera de pensarlo, pero tiene toda la razón.»

Sus manos a ambos lados de su delgado cuerpo temblaban frente a la expectación horrenda de ver nuestra casa destruida. ¿Y eso...? Terminó por colmar mi voluntad. ¿Cómo puedo quedar impasible respecto a sus sentimientos? Me he dado cuenta de que la indiferencia, gran parte de las veces, van de la mano de un cretino egoísta. Mi esposa demasiado aguda, a la vez sensible, sufría por lo que pudiera llegar a sucederle a nuestro hogar. En cuanto a mí, lo que único que me importaba, era salir de ahí cuanto antes, sin pensar en lo mucho que perdería si lo hacía. Por supuesto, toda una incierta exigencia despreciable de mi parte.

Dejé de indagar, y me reproché por mi falta de fe ante su fortaleza que parecía provenir de un lugar fuera de mi alcance. Mi hombría se sintió como un fastidio, como una carga insensible y desinteresada. Todos estos años luchando por un puesto en la vía jerárquica, por un inútil ascenso, ¿y para qué? Amo a Leslie, pero olvidé profesárselo. Todo se resumió a números y dólares. Nuestra finanza resultó ser lo más importante.

Jodida ambición de anhelar más, descuidando lo que ya nos hacía ricos.

Y entonces, mi criterio vanidoso, comenzó a derrumbarse. Mientras contemplaba las espesas flamas que se arremolinaban colina arriba, algo sacudió mi temple. Algo que me hizo trastabillar en mis emociones. Recordé los buenos momentos, tanto intensos como sencillos que había transcurrido con Leslie. Desde que la conocí en la preparatoria hasta cuando le propuse matrimonio, prácticamente con dos años de noviazgo. Sus ojos negros, su figura académica, ¡sus buenas piernas y demás privilegios que ya podía tocar! Y después, nuestros hijos, Nathan y Emily.

Y ni nuestros primeros empleos lograron apagar el ardor de nuestra pasión. Sosteníamos un increíble equilibrio en nuestro hogar...

No obstante, después de mudarnos aquí, todo eso cambió. Mis ambiciones crecieron por encima de las suyas. Pensé, que... si lograba obtener más dinero cada año, eso nos bastaría para mejorar nuestra vida económica. Idiota infeliz... sacrifiqué nuestro tiempo. Y empujé a que ella también hiciera lo mismo. Prácticamente nos arranqué de todo lo que considerábamos único y genuino. Solo por obtener más dinero. Al presente, ¿de qué sirvió todo eso?

—No me iré —me escuché decir—; me quedaré a tu lado, si acaso puedo ser de ayuda en algo.

— ¡Ay, Ryan! —dijo volviéndose hacia mí de una forma aprehensiva—. ¿Cómo permitimos que nuestro amor, ese que tanto nos costó depurar, quedara relegado a un segundo plano? ¿Por qué permitimos que ese sucio deseo de tener más, lo termine ahogando? Yo no quiero eso. Y estoy decida a renunciar a mi empleo —la sorpresa me tomó sin argumentos—. No pensaba decírtelo. Pero, aceptaré ese puesto como maestra en la escuela de la ciudad. Es lo mejor. Es lo que quiero. Necesito pasar tiempo con mis hijos. Esa sería mi propuesta para ti, en este fin de semana. No te obligaré a que te quedes conmigo. Pero ya no puedo seguir desperdiciando mi vida, dedicándole tiempo a esos idiotas burócratas que nada le importan. No les daré nada más. Brutos politiqueros de vientres abultados y cubiertos de vino.

—Ah... yo...

—Si me amas, sabrás lo que tienes que hacer.

—Sabes que...

No me dejó terminar.

—Vamos, lo hablaremos más tarde. Ahora ayúdame con algunas cosas.

De repente, me sentí inútil y aturdido. Con rapidez fuimos por unas herramientas y nos encaminamos a salvar a nuestra morada. Casi no había tiempo.

La casa estaba ubicada, próxima a la ruta. En la parte de atrás, es decir al fondo: el terreno de nuestro patio continuaba unos metros y luego se extendía en una bajada, no muy prominente, que terminaba en una forma de calzada.

Leslie, vistiendo su overol verde se recogió el pelo y lo anudó con una vincha. Sus maravillosos ojos brillaron con una férrea determinación. Recogió unos guantes y empuñó la pala. Descendimos unos metros y comenzamos con la tarea. Nos tomó poco más de media hora cavar un par de sendas zanjas.

Minutos después, conectamos los aspersores de manera que mojaran todo el delineado lugar.

Sin detenerse, Leslie trepo por unas escaleras hacia el tejado y aferró con fuerzas un hacha e hizo un hoyo en nuestro depósito de agua. El líquido brotó a raudales. Luego, se descolgó del techo y se introdujo en la casa. Instantes más tarde salió con un matafuego, y un inyector de combustible, Con presteza, colocó una manguerilla en el extremo y lo anudó con cintas y precintos.

«¿Cómo sabe todas estas cosas?»

— ¡De prisa, sígueme! —ordenó enfática. Por supuesto, obedecí sin dudarlo. Ambos nos dirigimos cuesta abajo— ¡Allí los follajes! ¡Rocíalos primero con el combustible! ¡Hazlo con todos!, después, préndeles fuego, ¡toma! —Indicó, arrojándome un encendedor— ¡De esta forma acabaremos con el oxígeno de la bestia! No tendrá de donde aferrarse.

Enfocada en la tarea, siguió de cerca al pequeño incendio que hube provocado. El mismo, cubrió una gran parte de la zona. Cuando vio que era suficiente lo extinguió. Me entregó el recipiente y subió cuesta arriba. Mientras la acompañaba, podía escuchar su esfuerzo latir al límite.

Entró al garaje y comenzó a sacar cilindros de plásticos que contenían agua, usualmente para su jardín y otras actividades que gustaba.

— ¡Llévalos abajo e inunda la parte incendiada y deja que el agua corra!

Diez contenedores. Todos fueron vaciados, y el líquido terminó humedeciendo la franja señalada.

Cuando regresaba, la observé que hablaba a través de su teléfono. Diez minutos más tarde, un camión cisterna se llegó a nuestra dirección. Joseph, un fornido canadiense, empleado del agua potable, nos saludó. Créanme, en esos momentos admiré a mi esposa y me sentí inútil frente a ella, e incapaz como un conejo asustado que huye hacia su madriguera.

—Ayúdalo querido. ¿Cómo estás, Joseph?

— ¡Hola, Leslie! —respondió con una franca sonrisa el recién llegado—. Conociéndote, guardé uno de estos por si llamabas.

—Ya me conoces —dijo volteando a ver en dirección de las llamas que se acercaban.

Eso fue todo, quedé fulminado allí mismo. Alguien parecía conocerla mejor que yo. Por favor, piensen en una persona patética y humillada por la vergüenza de la vida, y siquiera se acercarán a cómo me sentí en esos extravagantes minutos.

—No te preocupes muchacho —me dijo el "agente del agua" —; conozco a Leslie desde la secundaria, siempre fuimos buenos amigos; además ella, fue quien me presentó a mi esposa. Y mucho antes que ustedes vinieran a vivir aquí: mandó a talar todos los árboles de los alrededores, e hizo rellenar con rocas todo este sitio, supongo que para prevenir este tipo de siniestros. Se puede decir que hoy, su idea se pondrá a prueba, de hecho: acepté la sugerencia e hice lo mismo con mí terreno.

Ahí lo tienen, derribado en legítima defensa.

El resto es historia —de la buena— que, en todo caso para no extenderla, la resumiré. Cubiertos de humo, tizne y empapados hasta más no poder por una dotación de bomberos voluntarios —vayan para ellos mis agradecimientos—; este servidor de la humanidad, enfrentaba los grandes y expresivos ojos, de una mujer decidida, cuya inteligencia no lamentaba luchar hasta las últimas consecuencias.

—Dime Ryan, ¿te importa nuestra casa? —arrojó con seriedad.

—Linda, lo siento, yo...

—¡Por todos los cielos! Responde la maldita pregunta.

—Si...

—Sí, ¿qué?

—¡Si me importa! ¿Estás feliz?

—¿Qué si estoy feliz, porque me respondes de esta manera! ¿Quién rayos te crees que eres para hacerme esta estúpida pregunta? ¿Te duele ver que yo me comporto como tú no lo harías? ¡Y ni una cosa ni otra, tiene que ver con cómo me sienta! —me asestó un muy doloroso puñetazo en mi pecho—. ¡Esto tiene que ver con nuestro compromiso en la vida! ¡Mira nuestra casa, Ray! ¡Mira cómo hemos podido —con ayuda— salvarla!; y lo hemos hecho entre los dos. ¡Esto!, esto es lo que quiero que entiendas: no es tan solo un lugar, es nuestro hogar. Aquí es donde debemos amarnos hasta más no poder y más. Es aquí donde nuestros hijos crecen, y sin importar cómo, debemos luchar el día a día por esta causa. No seré de aquellas que abandonan a la primera y se mudan a otra parte. Y tal como lo has visto en esta agitada jornada; si veo que puedo salvar lo que es importante para nosotros lo haré, sin importar nada. ¡Al cuerno, con la supervivencia! Es nuestro hogar, mío y tuyo y el de los niños. Esa es nuestra felicidad. ¿Entiendes lo que acabo de decir?

Yo jamás podría rebatir semejante argumento. A mí que nunca me importó el mudarnos de un lado a otro por causa de mi trabajo, y no ver el conflicto que tal suceso originaba en el corazón de mi familia, —confrontado por la realidad cruenta de sus palabras—, opté por simplemente agachar la cabeza. Suspiré, y respondí:

—Lamento no haberlo visto antes. Siento por todo lo que hayas atravesado por mi culpa. En verdad... yo lo... lamento. Lo siento...

Sus manos en la cintura y el gesto repetitivo de soplarse el mechón que caía sobre sus cabellos, me llevaron a un punto de hacerme sentir resentido por mi egoísta comportamiento. Realmente me sentía un imbécil. Uno de primera. Sin lugar a dudas.

—No te estoy juzgando, Ryan ¿A quién le importa el resto de lo que ocurra de aquí en adelante? —continuó sin vacilar—. Es solo a ti y mí.

Solos tú y yo. Nadie más. Es nuestro compromiso, y entretanto tenga aire en mis pulmones y la sangre oxigene mi corazón, pelearé por todos ustedes y por nuestro hogar. Hoy, lo he comprendido. Puede que este engendro llameante, haya sido el responsable de hacerme razonar. Y en verdad, espero que tú hagas lo mismo. ahora ven, démonos una ducha juntos. Y luego nos prepararé la cena.

¿Saben qué? Permanecí con esa sensación de —*trágame tierra.*

Al igual que el fuego, que todo lo consume sino no hay quien vele por su contención; la falta de amor disuelve con lentitud, la vida que busca la dicha. Y, del mismo modo que la lluvia cae y arenga a la tierra a fructificar; el amor otorgado, empuja al espíritu a fortalecerse con esperanza y entrega. Es tan simple como el niño que mama del pecho de su madre y el alma humana que se nutre de la felicidad que el amor desprende en la contemplación de un milagro.

Eli Key

About the Author

Eli Key, de 22 años; oriunda de Gualeguaychú. Provincia de Entre Ríos, Argentina, es estudiante de marketing y trabaja como niñera para poder pagarse sus estudios. A partir de los doce años comenzó a escribir, y no fue hasta que leyó a Charlotte Brontë ya sus hermanas Anne y Emily, que comenzó a interesarse seriamente en la literatura. Después de conocer a Emily Dickinson; Richard Bach; Patrick Leigh Fermor; Megan Mayhew Bergman y Joan Didion, entre otros; se decidió a incursionar en ideas más decentes y prolijas, relativo a la narrativa y a las prolijidades de los textos. A partir de los dieciocho años, se arrojó de lleno a escribir todo cuanto pudiera salir de su pluma. Después de probar en varias plataformas digitales y de explorar los blogs, se decidió autopublicar en Draft2 Digital. Y mientras el país donde vive se debate en un mar de angustias y déficit económico; ella se esfuerza cuanto puede para depurar sus obras. *La vida no es fácil, se hace lo que se puede con lo que se tiene, pero al final de una tormenta siempre sale el sol;* es lo que dice siempre.